KB074258

SRI LANKA
IMMIGRATION
MYANMMAR
15·10·20
DEPARTURE
PHUKET
MALAYSIA IMMIGRATION
JOHOR BAHRU
HAWAI'I
THE ALOHA STATE
BALI
Công hoa Xã hội chủ nghĩa
Việt Nam
RUSSIA
РОССИЯ
GREECE
MONGOLIA
MOROCCO
RUSSIAN FEDERATION
IMMIGRATION
NEPAL
REPUBLICA DE CUBA
PATRIA Y LIBERTAD
TAIWAN
TAIPEI
IRELAND
ESPAÑA

언제나 여행 중

언제나 여행 중

떠남을 생각하는
그 순간부터
매일매일
두근두근

가쿠타 미츠요 지음
박귀영 옮김

티라미수
THE BOOK

| 일러두기 |

본 도서는 소설가 가쿠타 미츠요가 잡지 〈나마본生本〉에 연재한 글을 묶은 것으로 작가가 20, 30대 시절에 경험한 여행 이야기가 담겨 있습니다.

옮긴이 주는 괄호 안에 작은 글씨로 기재하였습니다.
본문 크기와 같은 괄호는 모두 저자의 말입니다.

프롤로그

여행은 나에게 몇 안 되는 순수한 취미다. 순수란, 아무 도움 안 돼도, 혹은 손해를 보더라도 도저히 그만 좋아할 수가 없다는 의미다. 그렇기 때문에 여행 이야기는 절대 쓰지 않겠다고 늘 생각해왔다. 순수한 취미는 그 선을 넘어선 안 된다.

하지만 여행을 마치고 돌아오면 어떻게든 글이 쓰고 싶어진다. 카메라에 미처 다 담을 수 없었던 것을 적어두고 싶어진다. 그래서 카메라에는 담지 못하는 이야기만 잔뜩 썼다.

여행은 독서와 마찬가지로 개인적이다. 똑같은 책을 읽고도 감동하는 사람이 있는가 하면 아무것도 느끼지 못하는 사람이 있다. 같은 곳을 여행했더라도 받는 인상은 절대적으로 다르다. 때로는 보이는 광경까지 다르다. 게다가 독서보다 훨씬 찰나적이다. 작년에 여행한 곳을 올해 다시 가면, 보이는 것도 느껴지는 인상도 만나는 사람도 확실히 다르다. 여행은 딱 한 번뿐이다. 끝나고 나면 그 여행은 이미 과거다. 두 번 다시 그걸 맛볼 수 없다.

〈나마본〉이라는 잡지에 2년 동안 연재한 이런저런 여행 이야기를 지금 다시 읽어보니, 이미 끝나버린 여행이기에 어쩐지 다른 사람의 여행 이야기를 듣고 있는 듯했다. 그래서 이런 느낌이라면 여행 이야기를 쓰는 것도 괜찮구나 싶다. 여행은 끝나면 손에서 스르르 빠져나가버린다. 그때 본 것은 영원히 사라져버린다. 여행에서 본 것, 마주친 것, 접한 것을 나는 두 번 다시 만날 수 없다. 글을 쓰면 그나마 다시 한 번 상상 속 여행을 할 수 있을지도 모른다. 아니, 글을 쓰면 상상으로

조차 두 번 다시 할 수 없는 여행을 분명히 다시금 할 수 있다.

〈나마본〉 편집장 히라사와 가즈오 씨, 편집을 담당해준 사와시마 유코 씨, 더운 쿠바를 함께 여행해준 디자이너 야마구치 마사히로 씨에게 감사드린다. 어쩐지 다 함께 긴 여행을 끝낸 것 같은 기분이 든다. 정말 고맙습니다.

독자 여러분이 이 책을 읽으며 아주 잠시라도 여행을 떠날 수 있다면, 정말 행복하겠다. 그 여행에서 아무것도 가진 것 없는 여행자로 서로 스쳐 지나간다면 더없이 기쁠 것이다.

가쿠타 미츠요

차례

연인과 문학상, 내가 진짜 바라는 건
스리랑카

나는 그때 연인 그리고 어떤 문학상이 간절했다. 연인과 문학상이라는 조합에 별 의미는 없다. 샤브샤브 먹고 싶다. 새로 나온 초콜릿도 먹고 싶네. 이런 정도의 병렬일 뿐.

당시 연인이 없던 나는 스리랑카를 여행하고 있었다. 한창 여행 중에 "어느 문학상 후보에 올랐는데 괜찮으시죠"라는 확인 연락을 받았다.

연인은 물론 언제든지 원한다. 특히 나는 연인이 없으면 일상생활에 거의 관심이 없어져서 (아마) 다른 사람들보다 더 곤란하다. 문학상은 연인과 다르게, 언제나 원하는 건 아니다. 그렇다기보다 그 존재를 거의 모르고 산다. 그러다 "이런 상이 있는데, 당신에게 줘도 괜찮을 것 같아요"라는 말을 들으면 기묘하게도 느닷없이 욕심이 난다. 연인이 없을 때라면 특히 더.

그런 이유로 도쿄에서 멀리 떨어진 스리랑카에서 바라는 게 두 가지로 늘었다.

그때 스리랑카는 게릴라 활동이 최고조에 달해 있었다. 일부러 그런 시기를 고른 게 아니라, 여행하기 전이나 여행하는 동안이나 정말 아무것도 몰랐다. 이 마을 저 마을 할 것 없이 도로란 도로는 모두 봉쇄되고, 검문소가 서고, 검문소에 모래주머니를 엄청나게 쌓아놓고, 그 옆에는 소총을 든 남녀노소 병사들이 지내는 허술한 막사가 있어, '꽤나 기묘한 나라네'라고 생각하며 여행했다. 애당초 군사들에게서 긴장감이 별로 느껴지지 않았다. 길을 걷고 있으면 젊은 군사들이 손짓해 불러서는 "5시에 임무가 끝나는데, 그때 같이 밥이라도 먹으러 가지 않을래?" 하고 작업을 걸었다. 마을 곳곳에 있는 그들의 목적이 설마 게릴라의 테러 저지라고는 생각도 못 했다.

그렇게 젊은 군사의 작업을 받으며 검문소를 그늘 진 휴게소로 이용하면서 콜롬보, 캔디, 아누라다푸라를 여행하는 도중에 어느 성지를 알게 됐다.

스리랑카 제일이라 불리는 그 성지는 스리파다Sri Pada라는 산이었다. 산 정상에 부처의 족적이 남아 있다고 했다. 게다가 그 정상에는 '기도의 종'이 있는데, 그 종을 치면 소원이 이루어진다고들 했다.

"바로 이거야!" 나는 외쳤다. 스리파다에 가자! 이슥한 밤에 산을 오르기 시작해 정상에서 일출을 보자! 기도의 종을 치자! 소원을 이루자!

연인과 문학상이라는 그 이상 세속적일 수 없는 소원이 성스러운 산에 어울리는지 어떤지는 생각도 않고 '좌우간 부처의 족적을 보고 종을 울리고 소원을 이루는 거다. 그것밖에 없어' 하고 눈동자를 반짝반짝 빛내며 그 성지로 향했다.

불치사佛齒寺로 유명한 캔디에서 열차를 타고 네 시간쯤 가면 역이 엄청나게 낡은 해튼Hatton이라는 지역이 나온다. 거기서 한 시간 반 버스를 타면 성지 스리파다로 올라가는 입구가 있는 날라타니야Nallathanniya라는 마을에 도착한다.

그런데 캔디에서 탄 열차가 엄청나게 붐볐다. 무시무시했다. 마주 앉는 좌석 사이 공간에까지 사람이 끼여 있다. 아이가 있는 여자들은 통로에 주저앉았다가 다른 승객이 뭐라고 하면 일어났다. 화장실 안에도 사람이 꽉 차서 문이 닫히지 않았고(누가 일을 보러 갔을 때만 다들 화장실에서 나와 이때는 더 혼잡해진다), 열차 문도 열린 채로 안에 타지 못한 사람들이 몸을 반쯤 밖으로 내놓고 있었다.

한 친절한 남자가 혼잡한 상황에 쩔쩔매는 나를 끌어내서 열차 매점으로 데려갔다. 카레 빵이나 차를 파는 매점 안쪽을 가리키며 저기 들어가라고 몸짓으로 권했다. 나는 호의를 받아들여 점원 몇 명이 일하는 매점 안쪽으로 들어가 겨우 팔다리를 뻗고 마음껏 숨을 쉬었다. 점원들은 갑자기 들어온 나는 아랑곳도 않고 오로지 일만 했다. 아아, 그나마 여기는 편하구나. 좀 미안하지만 해튼에 도착할 때까지 이 매점에 있자. 이렇게 안심한 순간 "외국인이라고 저런 데 편하게 들어가 있다니 뻔뻔하다"라는 다른 손님들의 클레임이 폭주해, 할 수 없이 매점을 나와 다시 혼잡함 속으로 몸을 던졌다. 내가 안됐는지, 점원이 홍차를 줬다. 그렇다. 이렇게 혼잡한데도 사람들은 컵에 든 뜨거운 차를 마셨다. 아무렴, 성지까지는 편하게 못 가는 법이지. 속으로 중얼거리며 사람들에게 짓눌리며, 나도 겨우겨우 짙은 홍차를 마셨다.

해튼에서 날라타니야까지 가는 버스도 엄청나게 붐볐다. 창에서 문에서 사람들이 넘쳐흘렀다. 하지만 이 버스에 타지 않으면 성지에 갈 수 없다. 마음 굳게 먹고 사람들 안으로 뛰어들었다.

날라타니야는 정말 작은 마을이지만, 버스 정류장에 선물가게가 죽 늘어서 있었다. 부처 브로마이드, 부처 포스터, 부처 펜던트, 부처 페넌트, 부처 장식품 등을 모든 가게에서 팔았다. 부처뿐 아니라 시바, 비슈누, 가네샤, 크르슈나 같은 독특하고 컬러풀한 힌두신 상품도 있었다. 솜 인형, 동물 목각인형 같은 것도 팔았다.

좌우가 상점으로 북적거리는 흙길을 걷다 보니 모퉁이에 게스트하우스가 있었다. 여기에 체크인하고 나서야 여러 가지를 알게 됐다.

스리랑카에는 불교도뿐 아니라 힌두교도, 이슬람교도, 크리스트교도 등도 있다. 성지 스리파다는 불교도만을 위한 장소가 아니라 모든 종교의 신자가 각자의 성지라고 여긴다. 산 정상에 남겨진 족적을 불교도가 부처의 것이라고 믿듯이 힌두교도, 이슬람교도, 크리스트교도는 각 종교의 성자가 남긴 것으로 여기고 숭상한다. 지금은 마침 순례의 계절로, 매일같이 전 국민이 찾아오기 때문에 당연히 열차와 버스가 혼잡하다. 이러저러한 내용을 게스트하우스 주인이 가르쳐줬다. 덧붙이자면, 콜롬보를 비롯한 각지에서 타밀 엘람 해방 호랑이 Liberation Tigers of Tamil Eelam가 한창 테러를 일으키고 있어 도항 연기 권고까지 내려졌다는 소식을 이 숙소에 머무르던 여행자에게서 듣고, 각지에 검문소가 차려진 이유를 뒤늦게 알아차렸다.

마을에서는 우뚝 솟은 스리파다가 보였다. 표고 2,243미터의 성지는 중산모처럼 뾰족했다. 새벽 3시쯤 숙소를 나와 오르기 시작하면, 해가 뜨는 6시 즈음에는 정상에 이른다고 했다. 노점에서 밀크티를 마시며 중산모 꼭대기를 바라보다 문득 생각했다.

소원이 두 개면 어쩐지 둘 다 안 이루어질 것 같은데. 금도끼 은도끼 이야기처럼 말이지. 욕심쟁이 취급을 받아서, 두 마리 토끼를 쫓다가 한 마리도 얻지 못하면 곤란한데. 둘 중 하나만 비는 편이 좋지 않을까. 그럼 연인과 문학상 중 어느 쪽을 택해야 하지?

민족 투쟁이 격심한 나라에서 유일하게 서로 다른 종교가 융합하는 기적의 성지를 앞에 두고, 숭고한 마음으로 모여드는 신앙심 깊은 순례자들 사이에서 나는 양자택일을 진지하게 고민했다.

게스트하우스에서 저녁을 먹을 때 주인인 중년 남자에게 확인했다. "저기, 산꼭대기에 있는 종을 치면서 소원을 빌면 정말 이루어져요?"

"그럼요" 하고 중년 남자가 진지하고 엄숙하게 대답했다. "바라는 것이 이뤄져서 감사를 드리러 두 번, 세 번 오르는 사람도 많아요."

"그렇군요." 나도 엄숙하게 대답했다. "아저씨, 그럼 나도 감사를 드리러 다시 한 번 여기 와야겠네요. 그럼 또 여기에 묵을게요. 그러니까 솔직하게 말해줘요. 정말 소원이 이루어져요?"

"정말 소원이 이루어져요." 그런 대화를 끝도 없이 거듭하는 사이에 밤이 깊어졌다.

새벽 3시, 캄캄한 가운데 드디어 성지로 출발. 산꼭대기까지 점점이 불이 켜져 있어, 산 입구에서 올려다보니 작은 빛이 하늘을 향하는 것처럼 이어져 있다. 나 말고도 몇 명이 정상을 향해 걷고 있었다. 하산하는 사람들과 스쳐 지나갔다. 성지 순례라는 말에 조용하고 엄숙하고 범접하기 어려운 아름다운 뭔가를 상상했는데, 전혀 그렇지 않았다. 술에 취해 노래를 부르는 소년들이 있는가 하면 이국인인 내게 농담을 던지는 남자들도 있고, 알콩달콩하며 앞서가는 커플도, 장난치는 아이를 꾸짖는 부모도 있었다. 정겹다고 해야 할까. 어쨌든 마음 편히 하찮은 양자택일에 몰두해도 될 것 같았다. 그런 세속적 분위기가 산길 전체를 뒤덮고 있었다. 30분 정도 간격으로 찻집이 있었다. 걷다가 지치면 찻집에서 뜨거운 홍차를 마시며, 정상을 향해 걸었다.

역시 연인이 더 중요하지 않을까? 문학상 같은 건 일시적인 데다 형태도 없고, 그런 걸 몇 개 받든 연인은 안 생기잖아. 소원이 이루어져 연인이 생기면 감사 인사를 드리러 올 때 문학상을 부탁하면 되지 않을까? 아니지, 문학상은 일시적인 게 아니다. 평생을 간다. 게다가 문학상보다 연인을 더 원한다니, 글쟁이 나부랭이 주제에 너무 한심하다. 아니, 그렇지만 곧 30대 중반이고, 이대로 연인 없이 40대가 된다면 어쩐지 인생 끝장 같지 않나? 그러면 두 번 다시 연애를 할 수 없을 것만 같다. 하지만 어쩌면 문학상을 받으면 연애 같은 건 별로 상관없다고 돌변할지도 모른다. 그렇다고 해서 연애는 아무래도 상관없다고 정색하고 말할 수 있나? 공언하기도 꺼려지는, 어딘지 모르게 탐욕스러운 가정과 선택을 마음속에서 끝도 없이 거듭하며, 한 시간, 두 시간, 불빛이 희미하게 비치는 어둑어둑한 산길을 묵묵히 걸었다.

산꼭대기에 가까워지자 산길이 사람들로 북적거려 앞으로 갈 수가 없었다. 행렬에 끼어 한 걸음 두 걸음 느릿느릿 오를 수밖에 없었다. 주위를 둘러보니, 남녀노소 할 것 없이 들떠서 이제나저제나 설레는 마음으로 어둠 속에서 정상을 올려다보고 있었다. 아들들이 양팔을 부축한 노파, 다리가 아픈지 남편에게 업힌 여자도 있었다. 낮에는 반팔을 입어도 더운 나라인데, 산꼭대기 부근은 기온이 꽤 낮아 뱉는 숨이 하얬다.

그리 넓지 않는 산꼭대기는 바겐세일 행사장처럼 북적거렸다. 다들 하얀 숨을 뱉으며 바위에 걸터앉거나 서로 몸을 맞대고 한 방향을 바라봤다. 그쪽이 동쪽인 모양이다. 나도 자리를 잡고, 곱은 손에 입김을 호호 불면서 해가 떠오르기를 기다렸다. 연인, 문학상, 연인, 문학상, 꽃점을 치듯 중얼거리며 제자리에서 발을 굴렀다.

새까맸던 동쪽 하늘이 서서히 남색으로 변하고, 이윽고 물을 흘려 넣은 듯 옅은 파란색으로 바뀌었다. 나이프로 슥 칼집을 낸 듯 오렌지색이 내달리고, 그것이 서서히 부풀어 오르기 시작했다. 흐물흐물한 불 구슬처럼 생긴 태양이 검지 첫째 마디만큼 모습을 드러낸 것만으로 온도가 급격하게 포근해졌다. 다들 숨을 멈추고 해가 완벽하게 동그래지기를 기다렸다. 북적거렸던 산꼭대기가 어느새 신비로운 고요함에 휩싸였다.

해가 불쑥 온몸을 드러냈다. 하나도 일그러진 데 없이 완벽한 오렌지색 원을 보고 사람들은 손뼉을 치고, 환성을 올리고, 그리고 뭔가를 열심히 빌기 시작했다. 여기저기 설치된 스피커에서 싱할라어 경이 큰 소리로 흘러나왔다.

정신을 차리고 보니, 나도 손을 모으고 태양을 마주 보고 있었다. 어쩐지 울음이 터질 것만 같았다. 감동해서가 아니라, 울고 싶을 만큼 강렬한 뭔가를 실감했기 때문이었다. 뭔가란 공동空洞 같은 것이었다. 내 안에 뻐끔 뚫린 공동의 존재를 강하게 느꼈다. 외로움이나 공허함이 아니라, 어쩐지 이상하게 힘이 솟아오르는 듯한 느낌이 들었다.

해가 뜬 직후, 산꼭대기에서는 각자가 믿는 성자의 족적을 중심으로 대대적인 예배가 열렸고, 그 자리에 있는 사람은 싫든 좋든 거기 참가할 수밖에 없다. 나도 뭐가 뭔지 모른 채 예배에 참가하고, 밀고 밀리면서 스리랑카인 사이에 섞여 줄을 서 있다가 족적에 입술을 대고, 소원의 종을 치고, 어라어라 하는 사이에 하산 코스에 들어섰다.

그러는 내내 연인도 문학상도 까맣게 잊고 있었다. 텅 빈 마음 그대로, 어쩐지 술에 취한 것처럼 정신없이 부처의 족적에 얼굴을 대고 종을 울리고, 높은 스님의 경에 고개를 숙이고, 모두를 따라 손을 맞대고 있었을 뿐이다.

귀국한 나는 그 문학상을 받지 못했고, 그 뒤로 몇 달 동안 연인도 생기지 않았다. 그때 구멍이 뻥 뚫린 듯한 신비한 마음, 그 자체가 바람인지도 모른다고, 한참 뒤에 생각했다.

그곳에 녹아드는 순간
하와이

도무지 도통 하고 싶지 않은 일이 있다. 한번 통째로 엎어진 소설을 다시 쓰는 일이다. 이런 일은 누구라도 하고 싶지 않은 게 당연하다.

하지만 해야만 했다. 이유는 모르겠지만, 내 의지와 전혀 상관없이 그 소설 발매일만 먼저 정해져서, 그 날짜에서부터 서슬러 계산해서 언제까지는 꼭 고쳐야 한다고 어딘가에서 결정한 것이었다. 어디서 누가 결정하는지, 거기에 반기를 들면 어떻게 되는지, 사실은 아직까지 모른다. 그래서 아직도 이따금 완전히 똑같은 처지에 놓여 야단법석을 떤다. 그건 그렇고, 그때는 2주일, 아무리 늦어도 3주일 뒤에는 다시 쓴 원고를 편집자에게 보내야만 했다.

그래서 일단 책상에 앉았지만 도무지 도무지 하고 싶지가 않았다. 깜짝 놀랄 정도로 집중할 수 없었다. 하지만 시간이 없었다. 그런데도 한 장도 나아가지 못했다. 재떨이에 담배가 쌓이고, 어쩐지 눈물이 날 것만 같았다. 내가 이렇게나 '싫은 일 부적응자'인 줄은 꿈에도 몰랐다.

역시 도저히 싫다, 못 하겠다. 나는 속으로 외치고 책상에서 벌떡 일어나 전화를 걸었다.

"이봐요, 한번 안 하기로 했던 걸 고치라니 이상하잖아요" 하고 편집자를 윽박지를 수 있다면 좋겠지만, 마치 닭처럼 소심한 내가 그런 일을 할 수 있을 리 없었다. 침울한 눈초리로 항공사에 근무하는 친구의 전화번호를 눌렀다.

싫은 일을 집에서 하려니까 안 되는 거다. 싫은 일에 즐거운 일을 더하면 조금은 의욕이 생기지 않을까. 그래서 급하게 손에 넣을 수 있는 항공권이 없는지 물어보니 하와이라면 며칠 뒤 것을 예약할 수 있다고 했다. 서둘러 예약하고, 출발할 때까지의 며칠 동안, 원고의 이응도 생각하지 않고 하와이 관련 책에 푹 빠져 지냈다. 어쩐지 큰일 하나를 마친 것 같았다.

행선지는 하와이섬 힐로로 정했다. 상당히 양보해서 내린 결정이었다. 잘은 모르지만, 힐로는 하와이에서 강우량이 가장 많은 지역인 모양이었다. 비가 내리면 호텔에서 집필에 집중할 수 있을 거라고 자신의 겸허한 자세에 무심코 눈물지으면서, 하지만 수영복, 고글, 선크림 등을 부지런히 가방에 챙겨 넣었다.

이리하여 나는 노트북과 해수욕 용품만 들고 하와이섬 힐로 공항에 내려섰다.

뭔가를 단기간에 집중해서 쓰기 위해 호텔에 틀어박힌다. 바로 지금 내가 하와이섬 벽촌에서 하려는 것을 '통조림'이라 부르는 모양이라고, 나는 꽤 어릴 때부터 알고 있었다. 글쟁이가 되면 자동적으로 통조림을 당하나 싶었는데, 나는 그런 사태를 마주한 적이 없다. 마감도 그렇게 많지 않았고, 내가 쓰는 소설은 대부분 마감이 없다. 즉 이번이 첫 통조림, 또는 통조림 개시, 혹은 통조림 집필인데, 아무도 돈을 내주지는 않는다. 말하자면 셀프 합숙, 셀프 통조림이었다.

바다가 보이는 방으로 체크인을 하고, 컴퓨터를 책상에 세팅하고, 수영복으로 갈아입고, 그 위에 원피스를 걸치고 지도를 한 손에 들고 호텔을 뛰쳐나갔다. 그런데 도착했을 때는 맑았는데 내가 밖으로 나가자마자 조금씩 흐려지기 시작하더니 호텔을 뒤로하고 걷자마자 비가 내리기 시작했다. 으음, 역시 강우량 하와이 넘버원 마을이다. 하지만 나는 방으로 돌아가지 않고 마을 지리를 익히기 위해 걸었다. 어차피 원피스 밑에 수영복을 입어서 흠뻑 젖어도 상관없다.

힐로는 크게 두 부분으로 나뉜다. 리조트 호텔이 늘어선 반얀 드라이브Banyan Drive(반얀나무 가로수길) 지구와 다운타운 지구다. 호텔가에는 호텔과 골프장 외에는 아무것도 없었다. 상점이나 음식점 대부분은 다운타운에 있다. 나는 다운타운을 향해 빗속을 걷기 시작했다.

하지만 걸어도 걸어도 다운타운의 디귿도 보이지 않았다. 등 뒤로 호텔가가 멀어지자 갑자기 주위가 썰렁해졌다. 오른쪽에 있는 제방 너머로 비가 내려 뿌연 바다가 보였다. 왼쪽에는 무성한 나무와 그 사이를 달리는 도로, 그뿐이었다. 걷는 사람도 없었다. 이따금 자동차가 지나갔다. 젊은 사람이 창밖으로 얼굴을 내밀고 뭐라 소리치고는 손을 흔들고 갔다. 그저 넓기만 한 잔디밭에 거대한 카메하메하 대왕 동상이 있었다. 딱 다운타운 쪽을 가리키고 있는 데 힘을 얻어 더 걸었다.

30분 가까이 걸어서 겨우 다운타운에 도착했다. 빗발도 꽤 약해졌다.

그나저나 이 다운타운, 힐로 제일의 번화가인데 어쩐지 분위기가 이상했다. 셔터를 내린 가게가 많고, 30년 전으로 시간 여행을 온 듯 오래돼 보이는 영화관이 있고, 다니는 사람이 별로 없어 썰렁했다. 이게 바로 고스트타운인가. 그런데 자세히 보니 낡은 건물 1층에는 띄엄띄엄 영업하는 가게가 있었다. 한산한데도 쓸쓸하다기보다 이상하게 정겨운 느낌을 주는 기묘한 마을이었다.

배가 고파 작은 식당에 들어갔다. 메뉴를 보고 다시 한 번 혼란에 빠졌다. 메뉴에 영문으로, 그러나 분명하게 '데리야키 치킨 덮밥, 스키야키 덮밥, 오야코 덮밥' 등이 쓰여 있었다. 일본 음식점으로는 보이지 않는데……. 고개를 갸웃거리며 데리야키 덮밥을 주문했다. 점원이 가져다준 것은 그야말로 평범한 데리야키 치킨 덮밥(미소 된장국 포함)이었다. 그걸 먹으며 가게 안을 둘러보니 '벤또(도시락) 있습니다' 하고 영어로 적혀 있었다. 노동자처럼 보이는 남자가 훌쩍 들어와 "Can I have a 벤또, yes, 오야코 please"라고 말했다. 내가 지금 어디에 있는 거야?

방으로 돌아와 가이드북을 다시 읽고 알았다. 힐로는 20세기 초, 일본계 이민자가 세운 마을이었다. '벤또, 미소 수프, 일본식'은 그들이 가져와 뿌리를 내린 힐로 말이며, 내가 느낀 희미한 정겨움도 이 때문이었다.

아침을 먹으러 가는 대형 레스토랑에 '사이민'이라고 영문으로 적힌 메뉴가 있었다. 사이민이 뭐지? 줄곧 의문이었다. 어느 날, 점원에게 물어보니 "일본 라멘입니다"라는 대답. 그 즉시 주문해보니 점원이 가져온 것은 정체를 알 수 없는 불가사의한 음식. 미지근한 국물에 면이 들어 있었다. 분명 라멘처럼 생겼지만 국물이 서양식인 데다 시큼했다. 겨자를 넣어 먹는 모양이었다. 중국식 냉면과 포토푀를 합체한 다음 그 요리법을 전달 게임처럼 차례차례 전수해서, 서른 명째가 전해준 귓속말을 듣고 서른한 번째 사람이 조리한 결과, 이렇게 됐습니다 하는 느낌. 하지만 실제로 "라멘이 어땠지?", "이렇지 않았나?" 하는 식으로, 거의 100년에 걸쳐 일본계 사람들 사이에서 전해져 내려온 귀중한 음식이겠구나 생각하며 먹었다.

하루 중 몇 시간은 꼭 비가 오거나 구름이 끼어 수영복을 적실 기회도 얻지 못한 채 매일 다운타운과 호텔을 오갔다. 오전에 일하고, 점심을 먹으러 카메하메하 동상을 지나 다운타운으로. 돌아와서 일하고, 저녁에 또 카메하메하 동상을 지나 다운타운으로. 좀 더 멀리 가면 유명한 폭포, 대형 쇼핑센터, 세계에서 가장 주경主鏡이 큰 천체망원경이 있는 천문대, 식물원이 있지만, 애석하게도 운전면허가 없는 나는 걸어서 다닐 수 있는 곳만 갔다. 하지만 힐로는('하와이는'이라고 해야 할까?) 자동차 사회로, 걷는 건 언제나 나 혼자였다. 반얀 드라이브와 다운타운을 오가면 지나치는 차에 탄 사람들이 매일같이 말을 걸기도 하고 손을 흔들기도 하는데, 그들에게는 분명 걷는 인간이 희귀해 보였으리라. 운전하는 코알라처럼.

그 마을에 흐르는 시간 축에 쏙 숨어들 수 있을 때가 있다. 어떤 마을이든 대체로 머문 지 사흘이나 나흘째에 그때가 찾아온다. 그곳에서 반복적으로 이뤄지는 일상을 피부로 이해하고, 자신이 그 안으로 녹아들었다는 것을 이해하는 순간.

옆 호텔 앞 빵집은 통통한 아르바이트 청년이 문을 연다. 오후에는 수다스러운 여자아이 두 명과 교대한다. 다운타운 뒤편에 있는 패스트푸드점은 아무래도 젊은이들의 비밀 데이트 장소인 모양이다. 내가 머무는 호텔 홀에서는 소규모 훌라 대회나 초등학생 파티가 열리곤 했다. 시간은 천천히 흘러, 나의 나날이 마을에 녹아들어간다. 평범한 저녁놀, 비 그친 뒤 젖은 차도가 정말 아름답다고 생각하는 것은 그런 때다.

귀국하기 전날, 다운타운을 어슬렁거리는데 박물관 앞에 사람들이 엄청나게 모여 있었다. 일본 전통 북 소리가 울려 퍼졌다. 알로하셔츠를 진열한 오래된 양품점, 골동품 가게, 무성한 야자수, 반얀나무에 둘러싸여 듣는 그 소리는 너무나 이질적이면서도, 역시 옛 친구를 만난 듯 반가웠다. 대체 무슨 일일까. 인파를 헤치고 들어가 발돋움해서 보니 박물관 앞 광장에서 전통 북 공연이 열리고 있었다. 핫피(일본 전통 의상)를 입은 몇 명이 북을 치고, 그것이 끝나자 소년 소녀의 합창이 이어졌다. 그다음은 나이 지긋한 여성의 연설과 박수, 그러고 나서 모두 줄줄이 박물관으로 들어갔다. 나도 따라가봤다.

박물관에는 옛날 일본 기모노와 생활용품, 20세기 초 흑백 사진이 죽 전시돼 있었다. 아무래도 일본계 이민자가 이 땅에 온 지 ××년을 기념하는 축제 같았다. 힐로에 사는 사람이 모두 모인 건 아닌가 싶을 정도로 혼잡한 와중에 다들 사진, 유카

타, 떡 절구, 낮은 밥상 앞에서 발을 멈추고 이야기에 열을 올렸다. 재미있게도 그때까지는 영어로 솰라솰라 이야기했으면서 "게다를 여기서 보니 반갑네. 우리 집에도 있는데", "이것 봐, 부채가 다 있어. 할머니도 갖고 있었는데" 하고 기억에 있는 물건 앞에 서면 갑자기 일본어로 말했다.

일본계 사람들은 힐로에 살면서 일본의 전통행사를 지켜온 모양이다. 정월, 설빔 입고 떡 치기, 백중맞이 춤(백중에 중앙의 구조물을 빙빙 돌며 추는 춤), 삼짇날, 단오절 고이노보리(잉어모양을 대나무 장대에 걸어 세우는 것)……. 야자나무와 바다를 배경으로 그런 행사 사진이 많았다.

먼 옛날, 이곳에 온 사람들도 분명 자신과 이 장소가 섞여드는 순간을 맛봤을 것이다. 자신이 나고 자란 곳과 하나부터 열까지 모두 다른 곳에서 눈동냥으로 배운 행사를 거듭 열고, 뒤로한 곳을 생각하고, 그러다 야자나무와 바다와 곧잘 흐려지는 하늘에 갑자기 녹아든다. 사이민이라는 새로운 요리가 만들어진 것처럼 그들의 생활도, 가령 일본에서와 똑같은 것을 거듭해왔다 해도 여기에밖에 없는 새로운 뭔가가 됐다.

박물관을 나와 호텔을 향해 걸었다. 힘차게 저 멀리를 가리키는 카메하메하 동상을 지나, "어디 가요~" 하고 차에 탄 젊은이가 부는 휘파람 소리를 들으며, 몇 번이나 오간 길을 걸어 호텔로 향했다. 아주 먼 옛날부터 여기 산 듯한 착각이 어렴

푹하게 느껴졌다. 어쩐지 서글픈 듯한 감각이었다.

이렇게 여차저차 셀프 통조림은 끝났다. 그 나날을 회상하면 호텔 방 같은 건 생각나지 않고, 반얀 드라이브와 다운타운 사이의 길만 떠오른다. 하지만 일은 문제없이 끝냈다고 강조해두겠다.

싫은 일을 집에서 하려니까 안 되는 거다.
싫은 일에 즐거운 일을 더하면
조금은 의욕이 생기지 않을까.

이토록 길고 멋진 하루

말레이시아

생각해보면 말레이시아를 여행한 건 벌써 10년 전 일로, 당시 쿠알라룸푸르를 걷고 있으면 지나치는 사람 대부분이 말을 걸었다. “하이”라든가 “제퍼니즈!”라든가 “헬로”라든가. 그래서 과장이 아니라 하루 3천 번 정도는 안녕하냐고 인사해야 했다. 그리고 3년 전, 스리랑카로 가는 길에 경유지인 쿠알라룸푸르에 하룻밤 머물렀다. 그런데 어디를 걸어도 더 이상 아무도 말을 걸지 않았다. 도시가 됐구나. 그런 생각을 했다.

타이에서 철도를 타고 남쪽으로 내려와 말레이시아를 돌고 다시 타이로 돌아간다. 처음으로 혼자 떠난 해외여행이었다. 모르는 곳에 가는 건 항상 무섭지만, 혼자 여행하는 걸 전혀 주저하지 않는 까닭은 아마 이 말레이시아 여행 덕분일 것이다.

타이와의 국경 마을, 코타바루에서 쿠알라트렝가누, 거기서 쿠알라룸푸르로 장거리 버스를 타고 갔다. 말레이시아에는 이슬람교도와 불교도, 힌두교도가 뒤섞여 산다. 법률은 종교에 따라 임기응변식으로 달라진다. 예를 들어 오토바이를 운전할 때 보통은 의무적으로 헬멧을 써야 하지만, 터번을 두른 힌두교도는 쓰지 않아도 된다. 그런 관용이 말레이시아 곳곳에 흘러넘친다.

바다에 가고 싶어서 랑카위 섬으로 향했다. 랑카위는 마침 한창 개발 중으로 가는 데마다 공사를 하고 있었다.

이 섬은 교통수단이 제한돼 있다. 버스가 없어서 택시를 부르는 수밖에 없다는 걸 섬에 도착하고서야 알았다. 이럴 때 차나 오토바이 운전면허가 없는 나는 상당히 곤란하다. 이동하는 데 돈이 꽤 들겠구나 싶어 걱정했는데, 다음 날이 밝자 쓸데없는 걱정이었다는 걸 알았다. 금방 친구가 생긴 것이다.

숙소 근처에 여행 대리점이 있었는데 거기서 일하는 남자애 셋과 우연한 계기로 친해졌다. 나와 동갑인 피트리, 서른 살 아노, 열여덟 살 미. 미를 빼고는 영어 실력이 나와 비슷했다. 미는 말레이시아어밖에 못 해서 그와는 전부 몸짓으로 이야기를 나눴다. 숙소 근처를 어슬렁거리고 있으면 매일 반드시 누군가와 만나, 그 누군가의 오토바이를 얻어 타고 놀러 다

넜다.

여행 대리점에 호핑투어 예약이 잡히면 나를 부르러 와줬다. 배를 띄우니까 같이 타라는 것이었다. 그래서 서양인 관광객, 신혼여행 온 말레이시아 부부 사이에 섞여 가까운 섬들을 유람했다. 서양인들은 일일 투어가 끝나면 아노 팀에게 팁을 줬다. 그러면 그들은 그날이 가기 전에 팁을 모조리 맥주로 바꿔버렸다. 나도 몇 번이나 얻어먹었다.

"낚시하러 가자." 어느 날, 피트리가 숙소까지 찾아왔다. "친구 보트가 오후에 논다니까 그거 타고 낚시하러 가자."

"갈래, 갈래!" 나는 신바람이 나서 대답했다. 평소처럼 그의 오토바이를 얻어 탔다. 항구 같은 데로 가나 싶었는데, 피트리가 오토바이를 몰고 간 곳은 그라이 이칸(생선조림)을 파는 노점.

"아직 오전이니까 아침이라도 먹으면서 기다리자."

그러고 보니 시간은 아직 10시 전. 우리는 노점 테이블에 앉아 생선조림을 얹은 밥을 먹고, 달콤한 커피를 마셨다. 피트리의 친구들이 바이크를 타고 지나가다 멈췄다. 바이크에서 내려 테이블에 앉아서는 달콤한 커피를 마시며 피트리와 이야기를 나눴다. 그러다 친구의 친구인 듯한 사람이 지나가다 무리에 합류했다. 거기에 또 피트리의 친구가 지나가고……. 무리는 점점 더 커지고, 다 큰 남자들이 대체 무슨 할 말이 그렇게 많은지 재잘재잘 재잘재잘 끊임없이 이야기했다. 그들이 하는 말레이시아어는 하나도 몰랐지만, 그다지 따분하지는 않았다. 무리 한구석에 끼어 음식을 다 먹은 접시 위를 걷는 파리를 멍하니 관찰하기도 하고, 그들의 리듬감 있는 말소리에 귀를 기울이기도 하고, 머리 위에 펼쳐진 나무들을 바라보기도 했다. 해가 구름 없는 하늘에서 움직여 햇살이 우리 얼굴과 팔에 곧장 내리쬈다. 햇볕이 너무 강해지면 다들 이야기를 나누며 테이블을 옮겨 그늘로 들어갔다.

"이제 슬슬 가볼까?" 12시를 지났을 때 피트리가 말했다. 친구들은 손을 흔들며 떠나고, 나는 다시 피트리의 오토바이에 올라탔다. 드디어 낚시하러 가는 줄 알았는데, 그의 오토바이가 도착한 곳은 야외 레스토랑.

"다른 친구를 데리러 온 거야?" 내가 묻자 피트리는 무슨 소리냐는 표정으로 "당연히 점심 먹으러 왔지" 하고 말했다.

그래서 우리는 또다시 야외 레스토랑에서 미고렝 같은 걸 먹었다. 먹고 있자니 아까와는 다른 피트리의 친구가 나타나……. 데자뷔 같은 광경이 이어졌다.

"이 녀석은 ××호텔에서 일해." 피트리가 문득 내게 말했다. "그 호텔에서 수영 안 할래? 공짜로 들어가게 해준대."

낚시하다가 바다에 빠져도 괜찮게끔 옷 속에 수영복을 입고 있었다. 그래서 호텔 수영장에 가도 상관없지만, 낚시는 어쩌고? 그렇게 물어보자 아직 보트가 사용 중이라는 대답이 돌아왔다. 보트가 없다면 어쩔 수 없지. 내가 머무는 숙소보다 스무 배는 비싼 고급 호텔에서 공짜 수영을 했다. 풀장 가에서 칵테일까지 얻어먹었다. 더할 나위 없는 오후였지만, 낚시는 대체 어떻게 되는 거지? 5시가 다 되자 불안해졌다. 오늘은 못하는 건가?

5시가 지나고 피트리가 이제 가자며 부르러 왔다. 드디어 낚시다. 머리도 말리지 않은 채 피트리의 오토바이에 올라탔다. 이제 출발……인 줄 알았는데, 그의 바이크는 어째서인지 또다시 해변 야외 레스토랑으로 빨려들듯 들어갔다.

"낚시는?"

"물론 가야지. 그렇지만 배고프지 않아?"

저녁 식사가 시작됐다. 테이블로 맥주가 서빙되고, 요리가 서빙되고, 밥이 서빙되고, 친구가 지나쳤다. 아아, 엔들리스.

야외 레스토랑 한가운데 전원 꺼진 낡은 텔레비전과 노래방 반주기가 덩그러니 놓여 있었다. 바다가 오렌지색 태양을 삼키고, 옅은 남색이 주위를 뒤덮자 텔레비전 전원이 딸깍 켜지고, 음질이 엄청나게 나쁜 곡이 흐르기 시작하고, 노인이 마이크를 부여잡고 레스토랑 한가운데서 낭랑하게 노래를 부르기 시작했다. 텔레비전에서는 말레이시아판 노래방 영상이 흘렀다. 나와 피트리와 그의 친구는 이야기를 나누다 노인의 노래에 귀를 기울이다 밥을 먹었다. 그러는 동안 미와 아노도 와서 자기들도 낚시하는 데 따라가겠다고 했다. 문득 정신을 차리고 보니 9시. 피트리가 낚시하러 가자며 나를 부르러 온 지 열두 시간이 다 돼갔다. 그때 야외 레스토랑에 피트리의 친구가 와서 흥분한 채 뭐라고 했다. 그의 흥분이 그 자리에 있는 모두에게 전해졌다. 모두가 두근두근 설레하며 일어나 계산을 마쳤다. 오오, 낚시다, 여기까지 오는 데 정말 힘들었다……. 나는 감개가 무량해 또다시 피트리의 오토바이에 탔지만, 모두가 향한 곳은 다른 레스토랑이었다. 대체 일이 어떻게 돌아가는 거야?

“잠깐만, 낚시는?” 나는 기다림에 지쳐 물었다.

“오징어가 많이 잡혔대! 자고로 오징어는 신선할 때 먹어야지.”

테이블을 둘러싼 피트리, 미, 아노, 그들의 친구 그리고 내 앞에 맥주와 오징어 요리가 차례차례 놓였다. 오징어볶음, 오징어구이, 오징어회. 오징어를 입안 가득 집어넣은 우리 무리에 마침 지나가던 그들의 친구들이 또다시 합류해…… 뭔가 아득해졌다. 레코드 바늘이 튀어 몇 번이고 같은 음절이 반복되는 소리를 들으면 머리가 둔하게 아파오는데, 꼭 그런 느낌이 들었다. 특별히 다른 일정이 있는 것도 아니니 아무리 늦어도 상관없지만, 잘도 이렇게 같은 일을 되풀이하는구나 싶었다. 뭔가를 먹으러 가서 아는 사람을 만나 수다를 떤다. 오늘 하루, 아침부터 밤까지 이것만 하다 끝나려 하고 있었다.

오징어 연회는 끝도 없이 이어졌다. 12시를 지나자 나는 이제 그만 낚시를 단념했다. 다음에 가면 되지. 그때도 오늘처럼 전개될지 모르지만, 뭐 언젠가는 가겠지. 못 간다 해도 그것 역시 괜찮았다. 득도의 경지였다.

그런데 무시무시하게도 새벽 1시를 지났을 때 피트리가 얼굴 가득 웃으며 이렇게 말했다.

"자, 낚시하러 가자!"

칠흑 같은 한밤, 작은 보트가 바다를 향해 내달리기 시작했다.

우리는 각자 오징어를 꿴 낚싯바늘에 실을 걸고 바다에 던져 사냥감을 기다렸다. 불빛이라고는 누군가가 든 손전등뿐. 오른쪽도 왼쪽도 새카만 바다 위. 엔진을 멈춘 보트가 파도에 출렁출렁 흔들렸다. 그래도 조금도 무섭지 않았다. 뭔가를 하기까지 열두 시간 이상을 아무렇지도 않게 기다리는 사람들과 함께 있으니 무슨 일이 일어나도 무서울 리 없다며, 묘하게 마음이 놓였다.

미의 낚싯줄에 고기가 걸리고, 피트리의 것에 걸리고, 아노의 것에 걸리고, 그리고 내 것에는 걸리지 않는다. 낚아 올린 고기는 모두 보트 바닥에 아무렇게나 팽개쳐놓는다. 내 낚싯

줄이 움찔거렸다. 드디어 잡혔구나 싶어 들어 올리니 걸려 올라온 건 하얀 뱀. 독뱀인지 미가 서둘러 낚싯줄을 잘라줬다.

낚시를 무사히 끝낸 건 새벽 2시 넘어. 밤이 너무 깊었지만 아아, 정말 즐거웠어, 너무너무 고마워. 나는 이제 자러 가겠지 싶어 감사 인사를 했는데, 모두들 칠흑 같은 바닷가를 돌아다니며 뭔가를 찾았다. 저기, 뭘 찾는 거야? 주뼛주뼛 물었다.

"바비큐 망이지 뭐야!" 피트리가 진지하게 대답했다.

"바비큐 망을 새벽 2시에 찾아서 뭐 하게?"

"당연히 잡은 고기를 먹어야지." 이 역시 진지했다.

"새벽 2시가 지났는데, 이렇게 캄캄한 바닷가에서 바비큐를 한다고?"

"고기는 신선할 때 먹어야 한다고!"

정신이 아득해져 그 자리에 주저앉은 나를 내버려두고, 모두들 계속해서 망을 찾았다. 그리고 드디어 그은 망을 찾아내고, 떨어져 있는 종잇조각과 나뭇조각을 긁어모아 불을 붙이고, 정말로 고기를 굽기 시작했다. 누가 어딘가 가정집에서 소금을 빌려 오고, 다른 누군가가 미지근한 맥주를 구해 왔다. 칠흑 같은 어둠, 별 가득한 하늘로 피어오르는 향기로운 연기. 그야말로 초현실적인 한밤중의 바비큐 파티!

내가 그동안 얼마나 좁은 세계에서 좁은 시야로 좁은 부분만 보며 생각해왔는지, 눈에서 콩깍지가 떨어진 듯했다. 한 가지 일을 하는 데 열두 시간 넘게 기다려도 좋지 아니한가. 먹고 마시고 친구들과 이야기를 나누고, 그것만으로 하루가 다 가도 좋지 아니한가. 새벽 2시 넘어 바비큐를 한들 좋지 아니한가. 고기를 구워 다 함께 먹기 시작할 즈음에는 뭐가 어떻게 되든 좋았다. 맥주를 벌컥벌컥 마셔서 화장실에 가고 싶어질 때마다 바닷가 보트 그늘에서 볼일을 봤다. 젊은 처자가 노상 방뇨를 한들 좋지 아니한가.

4시쯤 되자 과연 다들 완전히 지쳐 나가떨어졌다. 문제는 각자의 집으로 돌아갈 기력도 남지 않을 만큼 지쳤다는 거였다. 여기서 자자. 누가 말했다. 그래, 자자. 자자. 우리는 아이들처럼 들떠서 모래사장에 인형 침대를 만들기 시작했다. 사람 모양으로 모래를 파서 한 사람씩 그 안에 들어가 자기로 했다. 나와 아노 일행은 각자 판 인행 침대에 누워 끝도 없이 웃었다. 겨우 조용해졌다 싶으면 또 누가 웃고, 다들 따라서 웃기를 거듭했다. 그러는 동안에 이윽고 하늘이 점점 하얘지며 오렌지색 빛이 바다 위로 흐르기 시작했다. 깜박깜박 졸다가 누가 웃는 소리에 깼다. 아침은 좀처럼 와주지 않았다. 기나긴 하루였다.

미와 피트리와 아노는 분명 지금도 그런 템포로, 한 가지 일을 하는 데 무시무시할 정도로 시간을 들이면서, 하루하루를 평범하게 살고 있겠지. 그렇게 생각하자 칠흑 같은 바다 한

가운데서 보트에 흔들렸을 때처럼 아무것도 무섭지 않은 것처럼 묘하게 마음이 든든해졌다.

모두모두 행복하면 좋겠어요
모로코

한 달 동안, 아무런 예정 없이 모로코를 종단하는 중이었다. 숙소에서 가이드북을 펴고 이다음에 어디 갈지를 정하는, 그런 여행이었다.

사막에서 그리 멀지 않은 와르자자트라는 마을에서였다. 여기서 버스와 택시를 타고 다섯 시간 정도 북쪽으로 올라가면 나오는 토드라 협곡에 생각이 미쳤다.

가이드북을 보니, 토드라 협곡은 오아틀라스산맥 근처고 양옆으로 암벽이 20미터 정도 이어지는 경승지라고 소개돼 있었다. 와르자자트에서 버스를 타고 카스바 길을 넘어 탕헤르라는 마을까지 가는 데 세 시간, 거기서 택시로 갈아타고 두 시간 거리였다. 세상 모든 암벽등반가가 연습하러 온다는 그

암벽 마을을 보러 가자 싶어, 짐을 챙겨 이른 아침 와르자자트를 출발했다.

버스 창 너머로 온통 갈색 산줄기들이 이어지다가 드문드문 녹색이 보이기 시작하더니 이윽고 강이 흐르고 마을이 나왔다. 메마른 자연과, 물을 중심으로 생긴 작은 마을을 바라보고 있자니 새삼스레 사하라사막이 코앞이라는 사실이 실감됐다.

탕헤르 마을이 가까워지면서, 창밖은 아무도 살지 않는 산줄기에서 제법 꼴을 갖춘 마을 풍경으로 변했다. 버스는 수십 분마다 멈춰 서서 사람들을 태우기도 하고 내려주기도 하면서 계속 달렸다.

한 정거장에서 청년 하나가 올라탔다. 사막 가까이에 사는 여느 남자들처럼 머리에 천을 터번 모양으로 둘둘 감아놨다. 열여덟, 열아홉 살? 얼굴이 꽤 귀엽게 생겼다. 지정 좌석도 아닌데 "어디 보자, 내 자리, 내 자리" 하고 영어로 중얼거리며 다가오더니 내 옆자리에 앉았다. 아, 이런. 나는 재빨리 자는 척했다.

그가 소매치기 같다거나 사소한 일에도 벌컥 화를 내는 젊은이처럼 보인다거나, 그런 이유 때문이 아니었다. 호객꾼 같았다. 카펫 가게, 사막 투어, 관광 가이드, 싼 숙소 같은 것을 소개하는. 보통 사람이라면 호객꾼을 만났다고 해서 이렇게까지 긴장하지는 않을 거다. 그러나 나는 의지박약에 포기가 빠르다. 상대가 끈질기게 달라붙으면 귀찮은 나머지 '아아, 몰라, 몰라' 하고 넘어가고 만다. 끈질길 것 같은 호객꾼하고는 아예 말을 트지 않는 편이 안전하다는 걸 경험으로 안다.

그런데 이 청년은 특별히 말을 붙이려고 하지 않았다. 콧노래를 흥얼거리다 혼자서 뭐라고 중얼거릴 뿐 계속 자는 척하는 나를 신경 쓰는 기색이 없었다. 나는 살그머니 눈을 뜨고 창밖을 바라봤다. 창 너머로 흙먼지 덮인 작은 마을이 보였다. 가게와 가게 사이 좁은 골목에서 아이들이 축구공을 차고 놀고 있었다.

"일본 사람이에요?"

옆자리 청년이 조심스럽기는 하지만, 역시 말을 걸어왔다. 무시하는 것도 어른스럽지 못해 "그래요" 하고 대답했다. 아이고, 몰라. 호객꾼이라고 해도 끈질기게 들러붙을 것 같지는 않고, 나도 마음을 굳게 먹고 끝까지 단념하지 않으면 뭘 사거나 따라가는 일은 없겠지.

청년은 띄엄띄엄 여행은 며칠째인지, 어디를 둘러봤는지, 모로코의 인상은 어떤지 등을 물어보다가 불쑥 "나는 일본인 친구가 많아요"라고 나쁜 이국인이 거의 모두 입에 올리는 말을 꺼냈다. 아, 역시. 경계 태세에 들어가려는 내 마음을 읽었는지, "거짓말 아니에요. 수상한 사람도 아니에요"라며 가방에서 노트 몇 권을 꺼내 건넸다.

흙먼지 일으키며 달리는 버스에 몸을 맡긴 채 느긋하게 노트를 펼쳤다가 깜짝 놀랐다. 기껏해야 일본인 주소 한두 개겠지 했는데, 노트에 적혀 있는 건 '바히르가 말을 건 여행자에게' 보내는 수많은 문장. "아, 바히르는 나예요"라며 그가 웃었다.

러브호텔이나 노래방에 가면 사람들이 끼적일 수 있도록 해놓은 노트가 간혹 놓여 있는데, 딱 그런 느낌이었다. 노트에는 일본 여자들의 글이 한가득 적혀 있었다.

"바히르는 정말 친절해요! 엘호다(숙소 이름인 듯)에 묵었는데, 바히르를 비롯해 모든 스태프가 친절해서 정말 알찬 나날을 보냈어요."

"사막에 간다면 꼭 바히르의 투어를 이용하세요. 바히르는 정말 친절하고 재미있어요."

"혼자서 여행하느라 꽤 힘들었어요. 그런데 바히르가 코미디언 시무라 켄을 흉내 내는 걸 보고, 이번 여행에서 처음 진심으로 웃었어요."

"일주일 예정이었는데 한 달이나 머물러버렸어요. 이 사람들과 줄곧 놀 수 있어서 행복했어요!"

"카펫을 사려거든 바히르에게 부탁해봐요. 잘 아는 카펫 가게에 데려가줄 거예요. 다른 데가 얼마 하는지는 모르겠지만, 거기가 싼 것 같았어요. 할인도 해줬어요."

……일본 여자들의 칭찬 일색.

"이 사람은 믿을 수 있는 가이드입니다"라고 일본인 손님에게 써달라고 부탁했을 것 같은 메모를 보여주는 호객꾼은 몇 번 만난 적이 있다. 개중에는 "나쁜 사람! 믿지 말아요"라는 일본어 문장을, 아무것도 모르고 자랑스럽게 보여주는 사람도 있었다.

그러나 이렇게 많이, 게다가 여자가 전부 찬사를 보내는 호객꾼은 본 적이 없다. 바히르는 일본어를 전혀 모르는 것 같았다. 그래서 "정말 짜증 나는 놈! 끈질기게 들러붙겠지만 절대 따라가지 마요"라는 부정적인 의견도 한마디 정도는 있지 않을까 싶어, 흔들리는 버스에서 뜨거운 햇빛을 받아 하얗게 빛나는 노트에 얼굴을 파묻고 열심히 찾아봤지만…… 없었다. 정말 없었다. 모두 칭찬뿐이었다. 절찬에 절찬이 이어졌다.

바히르는 열심히 노트를 읽는 나를 즐거운 눈으로 바라봤다. 그러다 내가 얼굴을 들어 눈이 마주치면, 혼자 여행 중인 Y씨를 처음 진심으로 웃게 만들었다는 '개그'를 연발했다.

과연 목적이 뭘까? 나는 바히르가 뭘 사라고 말하기를 기다렸다. 정체를 알아내고 싶었다. 정체까지는 좀 지나치다 싶지만, 바히르는 정말 일본 여자에게 인기 있는 친절한 남자일 뿐인 걸까, 아니면 돈을 쓰게 만들기 위해서라면 뭐든 하는 장사꾼일까.

버스가 목적지인 탕헤르에 도착할 즈음, 드디어 바히르가 입을 열었다.

"혹시 숙소를 정하지 않았다면 내가 일하는 곳에 묵지 않을래요?"

오오, 드디어. 왠지 마음이 놓였다.

"탕헤르에는 머물지 않을 거예요" 하고 거절했다.

"아, 그렇구나." 예상 밖으로 산뜻하게 물러섰다.

버스가 마을에 도착했다. 사람들이 서둘러 버스에서 내리고, 나도 따라 내렸다. 바히르가 따라오며 "배 안 고파요?" 하고 물었다. "우리 숙소, 식당도 해요. 코프타 샌드위치랑 콜라도 있어요."

"아니, 필요 없어요. 배 안 고파요." 다음은 카펫일까, 사막 투어일까? 점차 끈질겨지지 않을까? 살짝 기대까지 하면서 대답했다.

"아, 그래요."

하지만 대답은 이뿐이었다. 역시 바히르는 그냥 좋은 녀석인 걸까?

바히르는 내버려두고, 택시 타는 곳을 찾았다. 둘러보니 마을이 상당히 작았다. 가게 앞에서 고기를 굽는 케밥 식당, 유리창이 뿌연 여관, 색색의 과자를 늘어놓은 상점이 자욱한 흙먼지 속에 어수선하게 서 있었다. 버스는 벌써 어딘가로 사라지고, 나와 함께 내린 사람들도 저 멀리 걸어가는 뒷모습만 보였다.

"택시 타는 데 어디예요?" 나는 옆에 서 있는 바히르에게 물었다.

"아, 이쪽이에요." 바히르가 걷기 시작했다. 뭐야, 꿍꿍이라곤 하나도 없는, 그저 일본인을 좋아하는 한가한 남자애일 뿐인가. 이런 생각을 하며 그를 따라갔다.

"택시 타려는 걸 보니 혹시 토드라 협곡에 가요?" 바히르가 물었다. 나는 그렇다고 대답했다.

바히르가 택시 승강장에 데려다줬다. 뿐만 아니라 토드라 협곡행 합승 택시를 찾아, 인원이 다 찰 때까지 출발하지 못한다는 운전사의 말을 통역해줬다. 택시가 출발할 때까지 함께 기다릴 모양이었다. "여기, 덥잖아요. 가도 돼요" 하고 말했지만, 바히르는 빙글빙글 웃으며 끄떡없다고 대답했다.

정오가 지나면서 드디어 사람이 모이기 시작해, 낡은 고물 합승 택시에 여섯 명 정도(그중 한 사람은 대여섯 마리 닭 대동)가 끼어 탔다. "바히르, 잘 있어요. 나쁜 사람일지도 모른다고 의심해서 미안해요" 하고 손을 흔든 그때, 바히르가 뒷좌석에 앉은 사람들을 밀어 자리 하나를 만들더니 내 옆에 올라탔다. 다리가 묶인 닭이 내 발치에서 푸드덕거리고, 고물차가 창을 활짝 열고 달리기 시작하고, 승객들이 나누는 베르베르어가 차 안을 가득 채웠다. 나는 옆에 흔들거리며 앉아 있는 바히르에게 물었다.

"어디 가요?"

"토드라 협곡."

"왜? 무슨 볼일이 있어요?"

"당신을 바래다주려요."

"왜? 뭣 때문에?"

그러자 바히르가 눈을 내리떠 나를 바라보며 대답했다.

"모두가 행복했으면 해서요."

나는 말끄러미 바히르를 쳐다봤다. 흠, '행복'이란 말이지.

택시는 여기저기서 승객을 내려주고 마지막으로 토드라 협곡에 도착했다. 가운데 작은 하천이 흐르는 통로를 거대한 암벽이 둘러싼, 화성이나 달 표면 같은 우주를 연상시키는 이채로운 경관이었다. 고개를 드니 암벽 틈으로 푸른 하늘이 보였지만, 태양 빛이 아래까지 닿지 않아 지상은 썰렁했다.

바히르는 마을로 되돌아가는 택시에 타지 않았다.

"이제 돌아가요. 나는 혼자서도 괜찮으니까."

"호텔 체크인이 걱정돼서 따라가야겠어요. 호텔 사람들은 분명 영어를 할 줄 모를 거예요." 그러면서 따라왔다.

토드라 협곡 주변에는 마을 하나 없이 그저 늘어선 암벽 사이에 호텔이 두 곳, 식당이 두 곳 있을 뿐이었다. 그 밖에는 아무것도 없었다. 협곡 끝에서 끝까지 걸어도 5분도 걸리지 않는다. 시간은 아직 오후. 식당에서 맥주를 주문하고, 튀어나온 암벽을 타고 올라가는 등반가를 바라보며 유유자적 한가로움을 즐기……고 싶은데, 옆에 아직 바히르가 있었다. 이슬람교도면서 맥주를 마셨다. 내가 지금 뭘 하고 있는지 점점 알 수 없어졌다. 왜 잘 모르는 남자애와 맥주를 마시고 있는 걸까? 이 애는 대체 뭘 하고 싶은 걸까?

"바히르, 왜 계속 나랑 같이 있어요? 여기서 자고 갈 거예요?"

"도움이 됐으면 해서요."

"이제 아무것도 도와줄 거 없어요. 혼자서 생각 좀 하고 싶으니까 이제 그만 돌아가줄래요?" 나는 차츰 짜증이 나기 시작했다.

"생각하고 싶으면 그렇게 해요. 나는 잠자코 있을 테니까."

나는 입을 다물고, 내가 왜 이렇게 부글거리는지도 알지 못한 채 맥주를 거푸 마셨다. 바위 뒤에서 불쑥 남자가 나타나 몰고 온 작은 흑염소들에게 작은 하천에 흐르는 물을 마시게 했다. 나는 잠자코 계속 맥주를 마셨다.

"혹시 뭐 하고 싶은 게 있으면 말해요." 조용히 있던 바히르가 갑자기 고개를 들고 말했다. "사막에 가고 싶다거나, 카펫을 사고 싶다거나, 어디에 가고 싶다거나, 뭐가 먹고 싶다거나…… 뭐든. 도와줄게요."

강요하는 느낌은 전혀 없었다. 천진하게 웃는 귀여운 얼굴.

"혼자 있고 싶어요. 하고 싶은 건 그뿐이에요."

"왜요? 나는 수상한 사람이 아니에요. 그냥 다들 하고 싶은 일을 해서 행복해하면 좋겠다고 생각할 뿐이에요." 아까 했던 말을 거듭했다.

"혼자 있으면 행복할 거예요."

"왜요? 나는 수상한 사람이 아니에요."

무시무시한 리피트 대전이 시작됐다. 왜요? 나는 수상한 사람이 아니에요. 다들 행복해지길 바랄 뿐이에요…….

"곤란한 일이 생기면 명함에 있는 번호로 전화해요. 도와줄게요."

바히르는 밤이 되자 이 말을 남기고 택시를 타고 돌아갔다. 뭔가를 요구하지도 강요하지도 않고 "모두가 행복하면 좋겠어요"라는 말만 되풀이하다 돌아갔다.

바히르를 좋은 사람, 나쁜 사람 수준을 뛰어넘은 장사꾼으로 키워낸 건 수많은 일본인 여행자들일 것이다. 끈질기게, 웅숭깊게, 장사와 친절 사이의 아슬아슬한 경계선에서 상대를 기분 좋게 만들고, 물건을 팔고, 분명 감사 인사까지 받을 슈퍼울트라 장사꾼.

바히르와 만나고 나서 여행하는 내내, 그의 등 뒤에서 어른거리는 일본적인 것에 대해 생각했다. 말하자면 그를 그렇게 만든 뭔가에 대해.

그 결과, 그 '일본적인 것'이 놀라울 만큼 아름다운 마음이라는 걸 깨달았다.

감정이 끼어들 여지가 없는 합리적인 장사를 싫어하고, 강요를 견디지 못하고, 타산 없는 친절도 있다고 진심으로 믿고, 마주한 상대의 눈을 들여다보며 이야기를 나누면, 언어도 문화도 습관도 경제도 초월해 전 세계 누구와도 서로 이해할 수 있다. 누구나 평등하게 행복하면 좋겠다고, 자신의 건강을 빌듯 진심으로 바란다.

그의 노트에 칭찬과 추천을 길게 써내려간 수많은 여행자들은 분명 그렇게 진정으로 아름다운 마음을 가졌으며, 바히르는 그 아름다운 마음이 만들어낸 장사꾼일 것이다. 그렇게 해서 완성된 바히르의 캐릭터가 신흥종교를 권유하는 사람과 한없이 비슷한 게 묘하고 해학적이어서, 생각하게 만드는 바가 있었다.

여행이란 재미있다. 한 번도 일본 땅을 밟은 적 없는, 여행자 말고는 일본이라는 이국에 아무 흥미 없는 먼 나라의 어린 장사꾼에게서 내가 태어난 곳을, 그 개성을 무엇보다 짙게 보여주기도 한다.

도무지, 리조트와는 안 맞는 인간
그리스

'리조트' 하면 떠오르는 것. 투명한 바다와 높은 하늘. 화려한 호텔. 호화로운 휴가. 토주土酒가 아닌 알코올.

내 여행은 언제나, 주로 경제적인 이유에서 리조트라는 단어와는 거리가 멀었다. 리조트로 가더라도 뭐랄까, 리조트에 어울리는 휴양이 아니라 단순한 바닷가 여행이었다.

이래선 안 된다! 서른다섯이 되기 직전, 느닷없이 이런 생각이 들었다. 만날 배낭을 지고, 예약 없이 싼 방에 묵고, 며칠마다 짐을 싸서 움직이는, 체력으로 승부하는 여행밖에 모른 채 서른다섯 살이 되다니 너무나 서글프다. 이제 슬슬 리조트를 경험해보자. 나이에 맞게 리조트에서 리조트에 어울리는 휴가를 보내는 거다!

그래서 우선 캐리어를 사러 갔다. 캐리어는 내가 생각하는 '리조트에 딱 맞는' 굿즈다. 역시 배낭은 폼이 나지 않는다. 게다가 아무리 샤넬 코트를 입었다 한들(갖고 있지도 않지만) 배낭을 메고 있으면 리조트 계열 호텔 로비에서 의심의 눈초리를 받을 것만 같다.

하지만 난생처음 장만한 캐리어는 터무니없이 무거웠다. 이래서는 안에 아무것도 안 넣어도 나리타 부근에서 벌써 녹초가 돼버리지 않을까. 포기가 빠른 나는 정말 그래버릴 것 같아서, 캐리어보다 가벼우면서 카트가 달려 캐리어 분위기가 나는 나일론 가방을 샀다. 네모난 것을 굴리며 걷고 싶은 것뿐이었기 때문에 그것으로 충분했다.

다음은 목적지 결정. 리조트 하면 바다다. 그것도 오직 바다밖에 없는 곳. 차로 섬을 한 바퀴 다 돌아도 한두 시간 정도밖에 안 걸리는, 달리 갈 데도 없을 것 같은 작은 섬에서 지긋지긋할 정도로 느긋하게 (토주가 아닌) 술을 마시고, 책을 읽고, 자고, 바다를 바라보는 거다.

검토 끝에, 그리스 로도스섬으로 정했다. 기간은 2주일. 별 달린 호텔도 예약했다.

이런 여행은 처음이었다. 리조트를 위해 리조트에 가는 것이다. 이동도 없다. 절약도 없다. 숙소 찾기도 없다. 배낭도 없다. 이를 리조트라고 하지 않고 뭐라고 하랴.

아무 문제 없이 모든 일을 처리했지만, 까맣게 잊은 게 하나 있었다. 시기였다. 로도스섬에 닿아 카트를 굴리며 해변에 있는 별 달린 호텔에 체크인하고, 마을 지리를 익히려 슬렁슬렁 걸어보는데 어쩐지 마을 전체가 한산했다. 호텔 대부분 문이 닫혀 있고, 레스토랑은 3분의 2가 폐점 상태. 성벽에 둘러싸인 구시가의 선물 가게도 문을 연 곳은 절반 정도. 미술관이나 수족관에 가보니 손님은 달랑 나 하나. 접수처에 있던 할아버지가 비슬비슬 다가와 "카메라 있어요? 사진 찍어줄까요?" 하고 말을 걸었다.

그렇다. 때는 11월, 마을은 조금씩 동계 휴가에 들어가고 있었다. 이 계절, 마을을 걷는 이라고는 주민들과 투어를 온 독일 노인들, 그리고 첫 리조트에 들뜬 일본인 하나. 독일 노인들은 어째서인지 다들 북풍에 떨면서도 바다 수영을 했다. 나는 아무리 들떴어도 도저히 헤엄칠 마음은 나지 않았다.

하지만 억지를 쓰는 게 아니라, 때 지난 리조트도 꽤 괜찮았다. 느긋하게 있을 수 있고, 어디를 가든 비어 있다. 해변의 문 닫은 호텔과 레스토랑 전면 유리창 너머에서는 얼마 전까지 떠들썩했던 여름의 기운이 쓸쓸히 소용돌이치고 있었다. 클럽도, 카지노도 휴가에 들어가 쥐 죽은 듯 조용했다. 반면에 당구장 겸 게임센터는 현지 젊은이들로 북적였다. 골목이 얽히고설킨 구시가를 걷는 건 나와 내 그림자뿐, 그야말로 시간 여행을 온 듯했다. 요트장 구석에 터를 잡은 고양이들을 발견하고, 고양이에게 먹이를 주고 다니는 남자와 친해졌다.

그런 식으로 며칠이 지났다. 딱 내가 바란 리조트적인 나날이었지만, 완전히 물려버렸다. 지긋지긋할 정도로 느긋하게 있는 데 일찌감치 질린 것이다. 시기야 어찌 됐건 간에, 리조트 요소는 다 갖췄는데 정작 나 자신이 리조트에 그리 적합하지 않은지도 모른다.

분명히 무심하게 가이드북을 뒤적이고 있었는데, 문득 정신을 차리고 보니 기이할 정도로 재빨리 이동할 준비를 하는 나를 발견했다. 어디 갈지 정하고, 거기까지 가는 길을 조사하고, 여행사에 연락해서 열차와 국내선 티켓을 예약하고, 별 달린 호텔에 남은 날을 취소하고, 아직 해도 뜨지 않은 어둑어둑한 시각, 카트를 끌고 기차역으로 걸어갔다. 리조트 생활에 질릴 만큼 취해 있었던 건, 계산해보니 겨우 닷새였다.

내가 향한 곳은 칼람바카였다. 메테오라라는 기암군 기슭에 있는 작은 마을이다.

메테오라란 '공중에 떠 있다'라는 뜻이다. 칼람바카에 도착하니, 먼저 하늘을 향해 뻗은 몇 개나 되는 바위에 눈이 휘둥그레졌다. 마치 탑처럼 우뚝 치솟은 그 기암 정상에 각각 수도원이 세워져 있다니 놀랍기만 했다. 수도원은 그리스정교 것으로, 지금도 훌륭하게 제 역할을 다하고 있어 수도사와 수녀가 거기서 금욕생활을 한다.

국내선 비행기와 장거리 버스를 타고, 꼬박 이틀 걸려서 칼람바카에 도착했다. 그렇게 이동하는 동안, 수도 없이 새로 산 카트 캐리어를 저주했다. 그리스는 대부분 길에 돌이 깔려 있다. 카트 바퀴 부분이 돌 사이에 끼기도 하고, 뒤집히기도 하는 등 그렇게 불편할 수가 없었다. 네모난 가방을 끌며 경쾌하게 걷는 걸 그렇게 선망했는데, 역시 이동하는 데는 배낭이 최고다.

어쨌든 카트를 대굴대굴 뒤집어가며 칼람바카까지 가서 별 같은 건 붙어 있지 않은 낡은 숙소(밖에 없었다)에 체크인했다. 밝아오는 아침, 그래도 의기양양하게 수도원에 가려고 산 정상까지 가는 버스가 서는 정류소로 향했다.

아무리 기다리고 또 기다려도 정상으로 가는 버스는 오지 않았다. 그제야 깨달았다. 지금은 시즌오프이며, 메테오라가 아무리 관광지라 해도 관광객 같은 사람은 어디에도 없다는 사실을 말이다. 버스 정류장에 붙은 종이를 아주 주의 깊게 살피니 그리스어로 뭐라고 적혀 있고, 그 아래에 작게 '10월 말에 버스 운행 종료'라고 영어로 쓰여 있었다.

아직 날이 완전히 밝지 않은 서늘한 버스 정류장에서, 나는 메테오라 지도를 펼쳤다. 마을에서 곧장 걸어가면 메테오라까지는 거의 외길이다. 산을 몇 개 넘는 것 같지만, 어쨌든 외길이니 헤맬 일도 전혀 없고, 가지 못할 것도 없을 듯했다. 애당초 여기까지 와서 메테오라에 가지 않고 돌아간다는 건 고깃집에 가서 물만 마시고 돌아가는 거나 매한가지 아닌가. 그래, 올라가준다카이. 이렇게 스스로를 북돋기 위해 사투리로 중얼거리며, 메테오라 쪽으로 걷기 시작했다.

이렇게 해서 산을 오르기 시작했는데, 애초에 리조트가 목적이었기 때문에 당연히 등산에 적합한 차림이 아니었다. 복사뼈까지 오는 바지에 가죽 하프코트, 신발은 굽 높은 쇼트부츠. 누가 어떻게 봐도 마을까지 잠깐 쇼핑하러 가는 차림이지만 나는 지금부터 평균 600미터 산을 몇 개 넘어 수도원을 돌아보려는 참이었다.

산을 넘는다고 해도, 짐승이 다니는 험한 길이 아니라 제대로 된 포장도로가 이어졌다. 닛코의 이로하자카(닛코의 산악도로로 오르막길과 내리막길을 포함해 총 48개의 커브가 있다) 같았다. 걷는 사이에 해가 뜨고, 기온이 올라가고, 돌아보니 마을 집집의 굴뚝에서 연기가 길게 피어오르기 시작했다. 평온한 시골 아침이었다. 나는 기분 좋게 걸었다.

한 시간이 지났지만 첫 수도원이 나타날 기미조차 보이지 않았다. 하지만 길은 하나밖에 없으니 헤맬 걱정은 없었다. 도로를 달리는 차도 없어, 나는 콧노래를 부르며 구불구불 굽이진 길 한가운데를 걸었다. 걷기는 잘한다. 실제로 세 시간이든 다섯 시간이든 계속해서 걸을 수 있다. 걷는 건 걱정하지 않는다. 헤매는 게 문제지.

거의 두 시간을 걸었을 때 첫 수도원이 나타났다. 그야말로 말문을 잃고 말았다. 높게 솟은 거암, 깎아 세운 듯한 낭떠러지 위에 마치 달라붙은 것처럼 수도원이 서 있었다. 자연과 인공이 뒤섞인 그 이상한 건물을 가까이에서 올려다보니 무심결에 우아 하고 한숨이 나왔다.

바위 옆에 만들어진 길고 긴 계단을 올라 입구로 향했다.

그리스정교 수도원은 매우 엄격해, 안에 들어가려면 맨살이 드러난 차림은 물론 여성은 바지를 입어서도 안 된다. 입구에 붙어 있는 '여성 바지 금지' 그림을 본 바지 차림의 나는 이제까지 온 길을 되돌아가 스커트로 갈아입고 올 생각을 하니 정신이 아득해졌다. 그러나 괜한 걱정이었다. 입구로 들어가니 접수처에 있는 수도사가 스커트를 빌려줬다. 허리가 고무로 돼 있고, 스커트라기보다는 하와이 민속 의상 무무 같은 꾀죄죄한 천을 바지 위에 덧입으면 무사히 안에 들어갈 수 있다.

현재 수도사들이 살고 있는 곳에는 갈 수 없지만, 수도원에는 박물관(옛날 수도사들의 생활상이 전시돼 있다), 보물 전시관, 예배당, 이콘실, 거기에 선물을 파는 매장까지 있었다.

원래 종교화를 좋아하는데, 이 이콘실은 숨이 막힐 정도로 멋졌다. 벽이란 벽, 그리고 천장까지 빈틈없이 빼곡하게 이콘이 장식돼 있었다. 금색과 붉은색을 쓰는 방식이 독특했다. 모든 이콘이 실내의 소리를 흡수하는 듯한 독특한 정숙이 주위를 뒤덮었다. 채광창은 천장에 작게 하나나 둘 있을 뿐인데도 방이 온통 빛으로 넘쳐흐르는 듯한 느낌마저 들었다. 무수한 이콘이 거룩하고 성스러운 기운으로 방을 가득 채웠다. 아름다운 이콘뿐 아니라 독특한 것도 있었다. 그리스도의 제자들이 박해당하는 그림 등, 불에 휩싸이거나 물에 잠기거나 목이 댕강 잘리거나 가지가지였는데 제자들이 시치미 뗀 표정을 짓고 있는 게 어딘지 모르게 분위기가 온화했다.

햇빛이 천장 채광창에서 곧장 쏟아져 들어오는 것 또한 신성한 분위기를 자아냈다. 분명 정해진 시간에 방에서 가장 중요한 그림에 빛이 반짝 비치도록 계산돼 있겠지.

선물 매장에는 이콘 복제품, 엽서, 키홀더, 페넌트 같은, 속세 냄새 풍기는 물건이 있었다. 이것들을 파는 사람이 당번인 듯한 수도사인 것 역시 좋아 보였다.

이렇게 산을 넘고 또 넘어, 꼬박 하루 동안 수도원을 돌아다녔다. 수도원마다 각각의 개성이 있었다. 수녀원은 청결하고, 좋은 냄새가 나고, 빌려주는 스커트도 더럽지 않고, 체크 원단으로 만들어서 예뻤다. 방 일부를 복원하는 공사를 하고 있는 어딘지 모르게 황폐한 수도원도 있었고, 나이 든 수도사가 과자와 차를 대접해주는 다정한 수도원도 있었다.

시련도 있었다. 산속 어딘가에서 딸랑딸랑 하고 수많은 종이 울렸다. 백일몽처럼 환상적이어서, 취해서 듣고 있으니 갑자기 모퉁이에서 이루 셀 수 없을 만큼 많은 산양 떼가 불쑥 나타났다. 산양들 목에 달린 작은 종에서 나는 소리였던 것이다. 그 광경 또한 깨어 있으면서도 꿈을 꾸고 있다고밖에 여겨지지 않을 만큼 이채로웠다. 100마리든 1,000마리든 산양은 전혀 무섭지 않았다. 그런데 운 나쁘게도, 산양을 지키는 개 몇 마리가 흉포하기 그지없었다. 외출 패션으로 걷고 있는 일본 여자에게 무시무시하게 짖으며 달려들었다. 너 대체 뭐야뭐야뭐야뭐야? 산양 훔치려고 그래그래그래그래? 여기서 대체대체대체대체 뭐 하고 있었어? 산양을 노리는 거야? 산양을 노리고 걷고 있었어? 이렇게 네댓 마리가 나를 둘러싸고 그야말로 엄청나게 소란을 피웠다. 산양지기가 진정시켜줬지만, 남자 뒤에서 으르르으르르 하면서 당장이라도 달려들 것 같은 기세였다. 산양지기는 그리스어에 손짓 발짓을 섞어서 "이 앞에 개가 잔뜩 있고, 필사적으로 산양을 지킬 거예요. 바보같이 걷지 말고 택시를 불러요. 알았죠? 꼭 그렇게 해요" 하고 열심히 말해줬다. 그때 '아, 택시라는 방법도 있었구나' 하고 깨달았다.

하지만 택시를 부르려고 해도 산길에 공중전화가 있는 것도 아니고, 나는 혼자서 한결같이 걷고 또 걸어 다음 수도원으로 향했다. 어딘가 멀리서 종소리가 들려올 때마다 경계하며 몸 숨길 데를 찾았다가 종소리가 멀어지면 안심하고 콧노래를 부르며 걸었다. 신의 존재를 이렇게나 가까이 느낀 적도 없었다. '개가 나타나지 않게 해주세요' 하고 기도한 것이 기암 위 신에게 곧장 전해진 듯했다.

마을로 돌아왔을 때 쇼트부츠는 진흙투성이, 걷는 데 일가견이 있는 나도 너덜너덜한 걸레처럼 지쳐 있었다. 비성수기인 마을에 문을 연 음식점은 몇 군데 없고, 나는 휘청휘청 걸어 문을 연 가게에 발을 들이고, 빈자리에 앉았다. 그곳은 그 지역에 사는 노인들의 휴식처였다. 노인들이 테이블을 꽉 채우고 우조라는 값싼 토주를 마시며 담소하거나 텔레비전을 보고 있었다. 그들 한가운데서 나는 오도카니 혼자 식사하고, 그들이 권하는 대로 그 강한 토주를 마시고, '아아, 정신을 차리고 보니 이동, 정신을 차리고 보니 싼 식당, 정신을 차리고 보니 토주, 리조트에서 꽤나 멀리 왔구나' 하고 가만히 생각했다.

걷기는 잘한다.
실제로 세 시간이든 다섯 시간이든
계속해서 걸을 수 있다.
걷는 건 걱정하지 않는다.
헤매는 게 문제지.

국경의 이쪽과 저쪽에서
러시아

나는 국경이 좋다. 관광 명소는 가지 않으면서, 여건이 허락하면 국경은 꼭 간다. 특별히 뭔가를 하는 건 아니다. 국경 가까이에 있는 찻집에 앉아 하루 종일 차를 홀짝이고, 길을 오가는 사람들을 바라본다.

육지든 바다든 강이든 선로 옆이든, 이쪽과 저쪽에 출입국관리소가 있다. 번듯한 콘크리트 건물일 때도 있지만, 선박 매표소보다 작은 판잣집일 때도 있다. 직원이 몇 명씩 있는 데도 있고, 혼자서 따분한 듯 하늘을 바라보고 있는 데도 있다.

크든 작든, 출입국관리소는 그 나라와 그 나라에 사는 사람들의 개성을 매우 간결하고 명확하게 드러낸다. 고압적이면서 실속 없는 곳이 있는가 하면, 사소한 건 대범하게 넘어가는 곳도 있다. 이는 결코 그날 그곳을 지키는 직원의 성격이 아니다. 나라라는 단위의 성격이다.

이를테면 라오스와 타이 국경. 몇 년 전, 아직 도적이 우글거린다는 라오스의 강을 스피드 보트를 타고 내려가 그 긴장이 미처 풀리기도 전에 타이 국경에 도착했다. 마약 제조소나 다름없는 지역이었다. 몸에 딱 맞는 제복을 입고, 허리에 소형 권총과 곤봉을 찬 직원이 내 여권을 받아들고 꼼꼼하게 살폈다. 꽤 한참을 팔락팔락 넘겼다. 침묵.

괜히 두근거리기 시작했다. 내 여권에는 타이 출입국 스탬프가 상당히 많다. 하늘길뿐 아니라 이웃 나라에서 육지, 바다, 강의 국경을 이용해 들고난다. 나리타공항에서 수하물 검사를 할 때는 정말 자주 걸린다. “왜 이렇게 자주 타이를 경유합니까?”라는 질문을 받으면 “타이를 너무 좋아해요” 하고 대답한다. 하지만 그 대답이 어쩌면 꽤나 수상하게 들리는지도 모르겠다. 매번 도무지 받아들여지지 않는다. 속옷부터 화장품까지 전부 조사하고, 가슴주머니에 넣어둔 담배까지 동강 내 잎을 자세히 검사한다.

해가 기울기 시작한 국경, 판잣집 밖에서 삐질삐질 땀을 흘렸다. 침묵. 곤충 날갯짓 소리가 바로 옆에서 들렸다. 판잣집 안, 꼼꼼하게 여권을 뒤적이던 중년 남자가 고개도 들지 않은 채 웃음기 없는 얼굴로 말했다. “도라에몽, 알아요?”

그의 영어는 알아들었지만 무슨 뜻인지 전혀 종잡을 수가 없었다. "네? 뭐요?" 갈라진 목소리로 되물었다. 직원은 그제야 고개를 들고 내게 여권을 내밀며 "도라에몽, 몰라요?" 진지하게 물었다. "무, 물론 알아요." 그러자 그가 눈매를 휘며 "정말 좋지 않아요?" 하고 탄식하듯 말하는 것이었다. "두 살 된 우리 딸이 정말 좋아하는데 말이죠……."

타이라는 나라를 여행하면서 여기저기에 있는 출입국관리소를 가보면 어디에서든 똑같은 인상을 느낄 수 있다. 다르거나 낯선 것을 배척하지 않는 깊은 도량, 좋은 의미로 적당주의, 대범함. 그것에 이끌려 출입국 스탬프는 계속 늘어나고, 더불어 수하물 검사에서의 질문은 엄중해지고, 속옷이든 화장수든 생리용품이든 할 것 없이 점점 다른 사람들에게 보여주게 된다. 나리타 출입국관리소 역시 일본이라는 나라의 개성을 정말 잘 드러내고 있다는 말이다.

요전 날, 열차를 타고 성향이 180도 다른 두 나라를 잇는 국경을 넘었다. 핀란드와 러시아를 잇는 국제 열차였다. 내 국경 경험 중에서도 꽤나 강렬했다.

잡지 취재차 스웨덴, 핀란드, 러시아를 일주일 동안 돌아보는 언뜻 무모한 여행이자, 숙소부터 버스 시간까지 모든 스케줄이 정해져 있어서 수학여행 온 학생처럼 거기 따르기만 하면 되는 언뜻 편한 여행이었다.

그날은 헬싱키 교외 공원 등지를 산책하다가 숲속에서 다람쥐를 보고 뜻밖의 행운에 기뻐하다, 평화로운 기분 그대로 오후 3시에 편집자 후쿠도메 씨(27세 여성), 카메라맨 고바야시 씨(35세 남성)와 함께 러시아행 열차에 올랐다.

열차는 러시아제. 칸막이가 된 객실에 들어가자마자 지금까지의 북유럽 분위기와는 사뭇 다르다는 걸 깨달았다. 돋보이려는 기색이 전혀 없는 튼튼해 보이는 의자, 의자에 걸쳐진 쭈글쭈글한, 역시 튼튼해 보이는 모포, 낡은 나무 창틀……, 열차에 있는 모든 것이 좋고 싫음을 따지지 못하게 하는 분위기였다. 지금까지 낮부터 맥주를 마시고, 정신없이 쇼핑하고, 인테리어 숍에서 세련된 잡화를 보고 "귀엽다! 예쁘다!"를 연발하며 느긋하게 도시를 활보했던 우리 세 사람은 '정말 죄송합니다' 하고 뭔가를 사과하는 듯한 심경으로 얌전하게 자리에 앉았다.

덜컹. 열차가 달리기 시작했다. 핀란드인 직원이 와서 국경을 지나기 전후 한 시간 동안씩은 화장실을 사용할 수 없으니 주의하라고 상냥하게 말해주고 갔다. 그럼 두 시간 정도 화장실에 갈 수 없다는 거네요. 일부러 말해주러 오다니 친절하네요. 두 시간쯤, 뭐 그렇게 심각하게 생각하지 않아도 될 텐데요. 우리는 태평하게 이야기를 나눴다. 이때 우리는 아직 러시아 국경의 실체를 몰랐던 것이다.

덜커덩덜커덩. 열차가 달렸다. 창밖으로 핀란드 시골 풍경이 지나갔다. 광대한 숲, 숲이 끝나고 평지가 나오면 지붕이 빨간 동화 같은 민가가 띄엄띄엄 보였다. 열차를 발견한 아이들이 손을 흔들었다. 다리 너머 하늘을 담은 강을 건넜다.

우리는 칸막이 객실에서 후쿠도메 씨가 가져온 다시마 초절임을 우물거리고 맥주와 주스를 마시며 정답게 담소하고 있었다. 그때 갑자기 우리 객실 문이 콰당! 하고 난폭한 소리를 내며 열렸다. 쳐다보니 러시아인 직원 몇 명이 서 있었다. 우리는 한순간에 얼어붙었다. 러시아인 직원들의 기세가 정말이지 대단했다. 미토 고몬(도쿠가와 이에야스의 손자. 동명의 사극에서 매회 클라이맥스 때 그는 도장 통을 들이대며 자신의 정체를 밝혔다)이 도장 통을 짠 내보이듯 어떤 압도적인 특권을 온몸으로 표현하며 버티고 서 있었다. 웃음기라고는 전혀 없었다. 아니, 찌푸리고 있었다. 이유는 모르겠지만 다짜고짜 화부터 내고 있었다. "여권!" 키 큰(보통 크다고 하면 생각하는 것보다 50센티미터는 더 크다) 사람이 괜히 명령조로 말했다.

부끄러움을 무릅쓰고 고백하자면, 나는 남들보다 몇 배는 소심하다. 이런 압력에는 완전히 약하고 어조가 강할수록 위축된다. 때문에 여권을 달라는 거인 직원의 명령에 흠칫 놀라 몸이 굳었다. 내 긴장이 전해졌는지 후쿠도메 씨도 고바야시 씨도 서둘러 여권을 찾아, 고바야시 씨가 세 사람 것을 모아 상납금처럼 거인 직원에게 내밀었다. "각자 하나씩!" 거인 직원이 또다시 소리쳤다. 나는 한층 움츠러들어 고바야시 씨의 손에서 내 여권을 빼앗아들고 "여, 여, 여기……" 하고 거의 넙죽 엎드릴 것 같은 기세로 내밀었다. 그들은 우리 여권을 모아들고, 눈빛을 번득이며 객실을 한 번 쓱 쳐다보더니 나갔다.

"세상에, 대체 뭐야!" 그들이 떠나자 후쿠도메 씨가 서서히 화를 내기 시작했다. "뚱땡이 주제에!" 뚱땡이란 거인 직원 옆에 서 있던 남자를 말하는 듯했다. "완전 뚱뚱한 주제에!" 후쿠도메 씨가 더 크게 화냈다. "후쿠도메 씨, 뚱땡이 싫어해요?" 이렇게 묻자 "그럼요, 싫어하죠!" 하고 힘차게 대답했다.

조금 지나자 공포도 옅어지기 시작했다. 나는 겨우 안정을 찾고 창밖을 바라봤다. 국경 근처라는 걸 느낌으로 알 수 있었다. 주변에 민가가 없고, 나무들이 어지럽게 자라 있었다.

그리고 어느 순간, 모든 것이 확연히 바뀌었다. 열차가 국경을 지났다는 것을 온몸으로 느낄 수 있었다.

깜짝 놀랐다. 간판이 있는 것도 아니고, 선이 그려져 있는 것도 아니고, 강이 가로놓여 있는 것도 아니고, 명확한 표시는 하나도 없는데 어느 순간 모든 것이 모습을 싹 바꿨다. 나무도, 하늘도, 공기도, 질감도, 땅도, 정말 세상 모든 것이. 하늘이나 땅은 하나로 이어져 있어 한순간에 확연히 달라질 수 없는데도, 그럼에도 역력하게 달라졌다. 아, 다른 나라에 들어섰구나 하고, 온몸으로, 머리뿐 아니라 눈도 귀도 코도 손발도 똑똑히 이해했다.

나라란 이런 것이구나. 나는 다시마 초절임을 든 손을 가만히 멈추고 감탄했다. 이렇게 개성 강하고, 이렇게 양립할 수 없는 뭔가를 유지하고, 공기의 질까지 소유하는 것 같은. 나라의 경계를 다투는 싸움이나 나라의 소유를 둘러싼 전쟁을 지식이 아닌 피로, 피부로 이해하는 일은 아마도 내 평생 없겠지.

광경이 이렇게 압도적으로 바뀌는 것을 목격하고 나니 미소 가득한 핀란드 직원에서 거만한 러시아 직원으로 바뀌는 부조리함 정도는 순순히 받아들일 수 있었다. 개성을 만드는 요소란 자란 환경이나 경험이나 유전뿐 아니라 그 시대, 그 장소의 공기이기도 하다. 국경을 지나기 전의 하늘은 분명 핀란드 직원의 미소 띤 얼굴을 닮은 흐린 하늘이었는데, 국경을 지난 뒤의 하늘은 여지없이 러시아 직원처럼 거만하게 흐린 하늘이었다.

얼마간 달리자 그 거만한 하늘 아래로 러시아 건물이 나타났다. 오랫동안 내버려진 폐허 같기도 한, 개성 없이 네모나고 유난히 튼튼해 보이는 건물이었다. 아아, 러시아. 거인 직원의 호통 소리를 들은 것처럼 몸이 부르르 떨리고 긴장됐다.

이윽고 열차가 러시아 측 역에 정차했다. 좋고 싫음을 따질 수 없는 러시아어 간판. 어쩐지 거만하게 느껴지는 네모반듯한 러시아 역사. 화단에서 이쪽을 노려보는, 눈초리가 사나운 러시아 고양이.

"아, 맞아, 화장실에 못 가지." 고바야시 씨가 생각난 듯 말했다. 직원과 광경의 압도적인 변화에 정신이 팔린 나머지 잊고 있었다. 우리는 얌전히 서로를 쳐다봤다. 화장실에 갈 수 없다고 생각한 순간 화장실에 가고 싶어지는 법이지……. 소심한 내가 소심하게 생각하는데 "어쩐지 화장실에 가고 싶어요……" 하고 젊은 편집자 후쿠도메 씨가 작게 말했다.

"어머, 정말요!" 걱정이 된 나머지 나는 엉겁결에 소리를 질렀다.

"앞으로 한 시간 정도 있으면 화장실에 갈 수 있어요. 열차도 곧 출발할 거고." 고바야시 씨가 냉정하게 말했다.

"그래요. 앞으로 한 시간 정도는 어찌어찌……."

그런데 열차는 좀처럼 다시 움직이지 않았다. 역에 멈춰선 채 꼼짝도 하지 않았다. 10분이 흐르고, 20분이 흘렀다. 아까 왔던 거인과 거한 이인조가 열차 통로를 뒤뚱뒤뚱 걸어와 콰당! 하고 또다시 거칠게 문을 열고, 우리에게 여권을 들이밀었다. 그냥 들이민 게 아니라 팔락팔락 여권을 펼쳐서 얼굴 사진과 우리 한 사람 한 사람을 눈을 희번덕거리며 시간을 들여 비교한 다음에 건넸다.

"이런 거나 꾸물꾸물 하고 있으니까 출발이 늦어지는 거잖아……." 뚱땡이를 싫어하는 후쿠도메 씨가 분한 듯이 중얼거렸다. 실제로 그들의 동작은 엄청나게 굼떴다. 갑자기 여권 스탬프 페이지에 흥미가 가는지, 잠시 바라보고 있기도 했다. 화장실에 가고 싶어 하는 사람이 있는 줄 알고 일부러 못되게 출발을 늦추는 것 아닌가 의심스러울 정도로 천천히 움직였다.

무사히 여권을 돌려받고, 거대 콤비는 다른 차량으로 갔다. 그러나 열차는 움직이지 않았다. 후쿠도메 씨는 이제 다급해진 듯 백중맞이 춤을 초속으로 추는 것처럼 객실을 돌아다녔다. "발차하고 한 시간이니까, 일단 발차까지 기다려봐요." 그에게 힘을 북돋아주려는 거겠지만, 고바야시 씨가 상당히 가혹한 말을 했다.

그때 통로 저쪽에서 러시아어로 격하게 다투는 소리가 들렸다. 무슨 일인가 싶어 객실 문을 열고 통로 쪽으로 얼굴을 내미니, 젊은 여자 하나가 거대 콤비에게 단단히 붙들려 열차 밖으로 끌려가고 있었다. 여자는 꺅꺅 무시무시하게 소리를 지르며 두 사람에게 붙잡힌 채 역사로 끌려갔다. 우리는 잠자코 그 모습을 바라봤다. 그런데 불쑥 후쿠도메 씨가 달아나는 토끼처럼 날쌔게 우리 객실을 뛰쳐나갔다. 무슨 일인가 싶어 쫓아가니 화장실 앞에서 평범하게 큰 러시아 직원과 뭐라고 질문과 대답을 주고받았다.

몇 분 뒤, 후쿠도메 씨가 어깨를 축 늘어뜨리고 돌아왔다. "무슨 일이에요?" 하고 물어보니 후쿠도메 씨가 의기소침하게 대답했다.

"화장실에 들여보내달라고 했는데 완고하게 비켜주지 않더라고요. 대체 언제 열차가 출발하느냐니까 아까 그 여자를 조사하고 나서래요. 조사는 언제 끝나느냐니까 '글쎄, 잘 모르겠는데' 이러는 거예요……."

"저 사람, 영어 할 줄 알아요?" 나는 화장실 앞 직원을 가리키며 물었다.

"아뇨."

"그럼 후쿠도메 씨, 러시아어 할 줄 알아요?"

"아뇨." 후쿠도메 씨는 간결하게 대답하고, 또다시 객실에서 초속 백중맞이 춤을 추기 시작했다. 상황이 절박하면 어학 능력마저 엄청나게 좋아지는 법이다.

하지만 후쿠도메 씨의 춤이 아무리 격렬해져도, 우리가 후쿠도메 씨를 위해 어서 출발하기를 기원해도, 여자가 역사에서 나올 조짐이 도통 보이지 않았다. 후쿠도메 씨가 춤을 딱 멈추더니 다시 후다닥 객실을 뛰쳐나갔다. 걱정이 돼 (그보다는 뭘 하는지 궁금해서) 살짝 그 뒤를 쫓았다.

후쿠도메 씨는 식당차를 비롯해 모든 차량을 돌며 화장실이 없는지 조사하고 있었다. 하지만 화장실이란 화장실은 모조리 잠겨 있었다. 열렸다! 하고 생각한 작은 방은 화장실이 아니라 청소함이었다. 문득 생각해보니 열차가 역에 들어온 지 벌써 한 시간 반이 지나려 하고 있었다. 지금 출발한다 해도 앞으로 한 시간 더 화장실 문은 열리지 않을 것이다. 이쯤 되니 후쿠도메 씨가 너무 딱해, 나는 화장실 앞에 우뚝 서 있는 러시아 직원과 담판을 지으러 갔다.

"미안해요. 너무너무 화장실에 가고 싶어요. 문 좀 열어주세요. 부탁할게요."

손짓 발짓 해가며 호소했지만, 남자는 눈 하나 깜짝 않고 고개를 가로저었다. 역시 엄청나게 거만하다.

"부탁해요, 제발요. 참을 수가 없다고요. 제발 부탁이니 좀 열어줘요."

아양을 떨어가며 다시 한 번 말해봤다. 하지만 괜한 짓이었다. 내 눈조차 보지 않는다. 뇌물을 쥐여줘도, 자동 소총을 들이대도, 석유를 머리부터 뒤집어쓰고 협박해도 이 남자는 화장실 문을 열어주지 않으리라. 이 나라의 규칙은 모든 인간의 생리 현상보다 위에 있는 모양이었다.

"가쿠타 씨, 괜찮아요, 참아볼게요." 몸을 살짝 구부린 자세로 후쿠도메 씨가 말했다.

"만일의 경우에는 아까 청소함에서 본 양동이가 있으니까요." 농담이었는데, 후쿠도메 씨는 웃지 않고 진지한 얼굴로 고개를 몇 번 끄덕였다.

바로 이게 러시아다. 몇 시간 뒤, 상트페테르부르크에 내려선 나는 이 열차에서 겪은 모든 일이 러시아라는 나라를 그대로 보여준다고 두고두고 생각했다. 이 이야기는 다음에 이어서…….

참고로 양동이에도 청소함에도 신세 지는 일 없이 여행을 이어나갔다는 것을 후쿠도메 씨의 명예를 위해 덧붙인다.

아무래도 모르겠는, 그런 도시
러시아

취재차 여성 편집자 후쿠도메 씨, 남성 카메라맨 고바야시 씨와 함께 스웨덴에서 핀란드를 거쳐 공포의 사회주의 열차를 타고 상트페테르부르크에 도착했다는 이야기까지 했다. 이번 이야기는 그 뒤로 이어진 러시아에서의 며칠.

상트페테르부르크에 도착한 건 한밤중이었다. 심야의 철도역도, 그 앞에 뻗어 있는 도로도, 천국처럼 안전한 북유럽에 익숙해진 눈에는 어쩐지 으스스했다. 음험한 분위기에 숨이 턱 막히는 듯한 느낌을 지울 수 없었다. 도망쳐 숨듯 호텔로 서둘러 갔다가, 다음 날 아침 카챠 씨라는 중년 여성 가이드를 쫓아 상트페테르부르크 견학에 나섰다.

계절은 4월 끄트머리였지만 아직 공기가 차고, 거리를 걷는 사람들은 두툼한 코트를 입고 있었다. 이 도시에서는 구름 한 점 없이 맑다고 할 만한 날이 1년 중 며칠 되지 않는다고 들었는데, 이날은 마침 기분 좋게 활짝 갰다.

기분 좋은 오전의 맑은 하늘 아래, 우리는 카챠 씨를 따라 들뜬 발걸음으로 도시를 걸었다. 그러나 예카테리나 2세가 18세기에 지은 귀족 영애를 위한 여학교, 알렉산드르 2세가 암살당한 대성당, 나폴레옹전쟁에서 승리한 기념으로 큰 화강암 한 덩이로 만든 기둥, 겨울 궁전과 다른 네 건물을 이은 광대한 미술관 등의 외관을 바라보며 걷는 사이에 어느새 기분이 묘해졌다.

……이 도시, 어쩐지 이상하네. 뭔가 이상해. 정말 이상해. 그런 기분.

도시 한가운데에는 '네바'라는 너른 강이 흘렀다. 도시는 사방이 성당과 박물관이지만 높은 건물은 그리 없고, 하늘이 거대한 천처럼 머리 위에 펼쳐져 있었다. 강변에는 미술관이나 박물관 같은 '묵직한' 건물이 늘어서 있고, 강을 등지고 거리에 들어서면 박물관보다는 산뜻하지만 그래도 충분히 '묵직한' 건물이 무대 장치처럼 줄지어 있다. 이 도시 건축물 대부분이 18세기에 지어진 모양이었다. 내부만 개축, 개조해 지금도 임대 아파트나 상업 빌딩으로 쓰이고 있다고 했다. 박물관이든 상업 빌딩이든 건물이란 건물은 모두 핑크색이나 노란색이나 파란색이나 빨간색에 가까운 갈색이었다. 그런 컬러풀한 색 때문에 오히려 '묵직한' 느낌을 두드러졌다. (이 '묵직한' 느낌, 제대로 된 단어로는 바로크양식, 클래식양식 정도일 것이다.) 흐린 날이 많은 도시가 조금이라도 환해 보이도록 검정색이나 회색 등 음침한 색은 건물에 칠할 수 없게 금지돼 있다고 한다.

……음, 역시 좀 이상하다. 화려해서? 도시가 온통 테마파크 같아서? 박물관이나 미술관이 러브호텔을 생각나게 해서? 나는 잠자코 모두의 뒤를 따라 걸으며 열심히 '이상함'의 뿌리에 관해 생각했다.

그나저나 우리에게 도시를 안내해주는 카챠 씨는 이상한 일본어를 썼다. 완벽할 정도로 유창하지만, 어미가 항상 "~잖아요?" 같은 확인 어조였다. "제정시대가 끝났잖아요? 그 뒤로 혁명시대가 오잖아요? 혁명 기간에는 이 성당이 폐쇄됐잖아요? 안에 있는 미술품은 전부 불타버렸잖아요?" 같은 식이었다. "과연 그렇죠" 하고 무심코 맞장구치고 싶어지지만, 퍼뜩 정신을 차리고 생각해보면 제정이 뭘 의미하는지, 혁명이란 대체 뭔지 몰랐다.

어쩌면 내가 느끼는 이 도시의 '이상함'과 내가 '모르는' 것이 상관있을지도 모른다는 생각이 들었다. "이 도시는 혁명 때문에 레닌그라드라고 불렸잖아요? 그 뒤에 원래 이름이 좋다는 시민의 목소리를 받아들여서 상트페테르부르크로 돌아갔잖아요?" 카챠 씨의 설명을 들으며 청동 기마상 오른쪽을 지나쳤다. 나는 목소리를 낮춰 고바야시 씨를 불렀다.

"있잖아요, 누가 혁명을 일으켰다는 거예요?"

고바야시 씨는 나를 흘깃 보고는 "모르겠는데요" 하고 즉답했다.

"그럼 아까부터 카챠 씨가 말하는 제정은 뭐예요?"

"글쎄, 모르겠는데요."

"뭘까요? 잘못 알아들었나?"

우리는 소곤소곤 말하고, 계속해서 뭐든 다 안다는 얼굴로 도시를 걸어 다녔다. 네바강도 넓고, 도로도 넓었다. 길 가는 사람 모두 커다랗고, 건물도 튼튼해 보이는 데다 커다랬다. 길에는 곰 사육사도 있었다. 곰 사육사라니. 노인이 중간 크기의 곰에게 목줄을 걸고 가만히 서 있었다. 러시아를 전혀 모르는 나는 어쩐지 이 광경을 보고 이 곰을 사육하는 노인이 상당히 '러시아적'이라고 이해했다.

그 유명한 에르미타주 미술관에 갔다. 전체 길이 30킬로미터에 조금 못 미치는 거대한 미술관을 카챠 씨가 추천하는 최단 코스로 견학했다. 그러고 보니 이 여행은 관광이 아니라 취재였다. 고바야시 씨가 사진 촬영 허가를 받아달라고 카챠 씨에게 부탁했고, 카챠 씨가 승낙을 받았다고 해서 아무 문제 없겠지 하며 여기저기 삼각대를 세웠다. 그런데 삼각대를 세울 때마다 전시실마다 한 사람씩은 꼭 있는 직원(이유는 모르겠지만 모두 근방에 사는 아줌마 느낌의 중년 혹은 노년 여성)이 힘차게 달려와 우리에게 위세 좋게 떠들었다. 매번 카챠 씨와 아줌마 직원이 러시아어로 격한 언쟁을 벌였다. 그때마다 나와 후쿠도메 씨는 기가 죽어 움츠러들고, 고바야시 씨는 그들이 언쟁하는 틈을 타 사진을 찍고 다녔다.

다섯 명 정도 연속으로 아줌마가 달려와 끝없는 공방전을 벌였을 즈음, 어째서 카챠 씨가 촬영 허가증을 그 사람들에게 보여주지 않는 걸까 하는 의문이 고개를 들었다. "촬영 허가증을 보여주면 훨씬 순조롭지 않을까요?" 하고 물어봤다. 그러자 "괜찮잖아요? 삼각대로 바닥에 상처 내지 말라는 거잖아요? 후다닥 찍고 후다닥 가면 아무 문제 없잖아요?" 하면서 상대해주지 않았다. 아무래도 촬영 허가를 받지 않은 모양이었다. 그래서 미술관 곳곳에 있는 아줌마 직원과 우리는 러시아적으로 소모적이고 완고하고 끈질기고 융통성 없는 언쟁을 이어나갔다. 결국 귀국 후에 미술관을 생각하면, 렘브란트 그림보다 먼저 머리에 스카프를 두른 똥똥하고 볼 빨간 직원들이 정겹고도 생생하게 떠오르고 말았다.

카챠 씨는 끝도 없이 이어진 공방전에 녹초가 된 우리를 이끌고, 성 이삭 성당으로 향했다. 공교롭게도 리모델링 중으로 겉이 온통 비닐로 덮여 있었다. 공장 현장에 발을 들이는 듯한 가벼운 마음으로 안으로 들어가자마자 깜짝 놀랐다. 정신을 차릴 수가 없었다. 모자이크화, 부조 작품, 조각상, 크고 작은 이콘, 천장화가 총출동해 호화찬란, 화미화려, 풍려장엄, 색즉시공(이건 아닌가), 어쨌든 엄청났다. 40년 동안 금 100킬로그램 이상을 들여 만든 10톤짜리 문이 셋 있다는 설명도 가볍게 여겨질 만큼 눈부신 겹겹의 아름다움이 내부에 흘러넘쳤다.

사실 나는 절이나 교회 같은 종교 시설을 좋아해서 어디를 가든 그곳의 사원, 교회는 반드시 보러 가고 가능하면 안에도 들어간다. 지금까지 사치가 극에 달한 종교 시설을 몇 군데나 봤지만, 이렇게 압도적인 성당은 본 적도 발을 들인 적도 없었다. 나는 넋이 나가 홀린 듯 성당을 거닐었다. 그러자니 어떤 사실을 깨닫지 않을 수 없었다.

아무 기운도 느껴지지 않았다. 성당이 이렇게까지 호화로운데 완전히 텅 비었다. 아무것도 호화로움을 뒷받침하고 있지 않았다.

관광 명소에 속해 있는 타이의 절, 건축물로서도 가치 있는 스페인의 교회, 혹은 찾아오는 사람도 없이 스러져가는 오두막 같은 고찰, 신앙과는 거리가 멀지도 모르는 일본의 신사와 불당, 그 어디든 많든 적든 신의 기운 같은 것이 있다. 정말이다. 신의 기운이 전혀 없는 종교 시설은 내가 본 세계 어디에도 없었다. 특이한 신성함, 사람들의 기도와 간절한 바람, 배타성과 긍정성의 미묘한 균형, 이 모든 것에서 배어나오는 감출 수 없는 속됨, 이것들이 어우러져 신의 기운이 된다. 그런데 이 성당에서는 전혀 느껴지지 않았다. 매우 이상했다. 온통 신의 모습을 그린 스테인드글라스, 그림, 모자이크화에 둘러싸여 있는데, 이루 형언할 수 없는 공허가 느껴졌다. 장대한 공허감. 일본 호텔에서 결혼식 때문에 만들어놓은 교회보다도 더욱 공허하고 아무것도 없다.

내가 '모르는 것'과 아침부터 느낀 이 도시의 '이상함'은 확실히 상관이 있다고 불현듯 깨달았다. 나는 성당을 나서자마자 후쿠도메 씨에게 달라붙어 제정이란 뭔지, 혁명이란 뭔지 마구 질문을 던졌다. 그도 나와 고바야시 씨처럼 러시아 역사에 무지하면 어쩌지 걱정했는데 웬걸, 젊은 후쿠도메 씨가 러시아 역사를 간략하게 정리해, 무지한 나도 이해할 수 있을 만큼 쉬운 언어로 술술 설명해주는 게 아닌가. 이렇게 해서 내 안에서 제정이 '제정帝政', 혁명이 레닌이 일으킨 사회주의 혁명으로 변환돼, 상당히 대략적이기는 하지만 이 도시의 내력을 이해할 수 있게 됐다.

아, 역시. 이 도시의 '이상함'은 제정러시아의 흔적이었다. 제정러시아의 망령들이 한낮에든 오전에든 도시 곳곳을 배회하고 있었다. 과거의 존재감이 이 도시에서 현실을 살아가는 거대한 사람들보다 기묘할 정도로 확고했다.

예의 성 이삭 성당만 해도 러시아 정교회 성당으로 지어졌지만, 그리스도와 그 제자들은 모두 당시 귀족의 모습으로 그려졌다. 혁명 후에는 종교도 세력이 약화돼 성당이 봉쇄됐다. 그래서 현재는 기도하는 곳이 아니라 관광객을 위한 박물관으로 공개돼 있다고 카챠 씨도 설명해줬다. 그 장대한 공허감을 깊이깊이 납득했다. 성 이삭 성당은 이 도시의 모든 것을 응축하고 있었다.

상트페테르부르크의 마지막 밤, 우리는 니콜라이 성당에서 저녁을 먹었다. 이 니콜라이 성당도 이유는 모르겠으나 외벽 공사 중이었다. 발판이 세워져 있는 데다 비닐로 덮여 있기도 해서 역시 공사 현장 같은 느낌을 받으며 들어갔는데, 안은 완벽한 성이었다. 붉은 카펫이 깔린 기~다란 계단, 정신없을 정도로 장식이 많은 흰 난간과 층계참, 좌우로 한없이 뻗어 있는 복도, 마주 보이는 곳에 있는 장식이 엄청난 문……. 식사보다는 사교댄스라도 추는 편이 훨씬 어울릴 것 같은 그런 큰 방에서, 우리는 안절부절못하며 러시아 풀코스 요리를 먹었다. 그렇게 안절부절못할 것도 없었지만 샹들리에도 창도 카펫도, 구석구석 고딕양식으로 꾸며진 실내도 너무 엄청나서 견딜 수 없을 만큼 부끄러운 기분이 들었다. 우리는 무심코 고개를 푹 숙인 채 식사하고, 조용히 이야기를 나눴다.

식사를 마치고 디저트가 나오기 전, 나는 혼자 화장실에 가려고 자리에서 일어났다. 하얀색 고딕풍 방을 나와 긴 복도를 가다 모퉁이를 돌아 다시 복도를 걸어 모퉁이를 돌고 붉은색 카펫이 깔린 계단을 내려가, 거기서 더 내려가다가 문득 건물이 이상하리만큼 고요하다는 사실을 깨닫고 발을 멈췄다.

아무도 없었다. 아무 소리도 들리지 않았다. 아무 기운도 느껴지지 않았다. 한없이 넓기만 한 계단 가운데 나만이 있었다. 올려다보니 어처구니가 없을 정도로 높은 천장에 눈부시게 화려한 샹들리에, 계단 아래쪽으로 이어지는 반질반질하게 닦인 복도. 조용히, 조용히 어떤 기운도 드러내지 않고 망령들이 움직이고 있었다. 무수한 망령. 무수한 욕망. 무수한 업보. 거대한 성당 한가운데서 나는 생생하게 그것을 느꼈다. 부르르 하고 요의가 아닌 다른 감각에 몸을 떨고, 화장실 쪽으로 급히 걸어갔다.

하루 종일 혼자서
네팔

여행의 형태가 확 바뀌었다는 걸 실감한 적이 있다. 네팔을 여행할 때였다.

그때까지 내 여행에는 어떤 형태가 있었다. 타이든, 말레이시아든, 베트남이든, 혼자 간다. 일주일쯤 지나면 그 땅에 사는 누군가와 우연히 친해진다. 그들이 여기저기 데려가준다. 어째서인지 여행을 하다 보면 신기할 정도로 이런 패턴이 이어진다. 그래서 매번 나는 거의 아무것도 안 해도 된다. 정말 그 땅에 가면 필연적으로 누군가가 그 도시나, 놀 만한 곳이나, 조금 떨어진 자연이나, 관광 명소 같은 데 데려가준다. 일주일이든 열흘이든, 매일 함께 놀아준다.

어디어디에 가야지 하는 생각이 들 때, 그래서 아무것도 정하지 않고 여행을 떠났다. 이 도시에 있는 이 박물관에 가고 싶다든가, 이 해변 도시에 가고 싶다든가, 그런 목표를 하나도 세우지 않고 훽 어딘가로 간다. 거기서 미지의 누군가와 만나기를 그저 기다리기만 하면 된다.

항상 똑같은 패턴이 반복돼서 나는 내 인생에 대해 자주 생각했다. '누군가에게 도움을 받고, 그 사람을 따라다니기만 하면 된다'라는 이름의 별 아래서 태어난 건 아닐까? 이 여행 형태는 내 인생을 시사, 혹은 상징하고 있지 않나? 과장 같지만, 과장되게 생각하고 싶은 나이이기도 했다.

그래서 네팔에 가자, 생각했을 때도 거의 아무 계획도 세우지 않았다. 기간과 이 도시와 저 도시에 가자는 것만 정하고 수도 카트만두에 내렸다.

지금은 어떤지 모르지만, 그즈음 네팔은 엄청나게 가난했다. 비행장에서 카트만두로 들어섰을 때, 아시아의 다양한 도시에 익숙한 나도 깜짝 놀랐을 정도다. 길은 거의 비포장이고, 군데군데 패 있고, 반라의 아이들이 죽은 쥐를 갖고 놀았다. 카트만두는 나름대로 번화했지만, 중심가를 조금만 벗어나도 어느 시대인지 알 수 없는 광경이 펼쳐졌다. 여자들은 하천에서 빨래를 했다. 남자와 아이들은 하천에서 목욕을 했다. 제일 깜짝 놀랐던 건 할머니들이 서서 소변을 누는 것이었다. 사롱(치마처럼 허리에 두르는 천) 느낌의 롱스커트 아래로, 다리를 쫙 벌리고 쏴아. 아무도 놀라지 않았다. 여기서는 지극히 평범한 광경이었다.

숙소도 믿기지 않을 만큼 쌌다. 내가 머문 숙소는 온수 샤워기와 화장실이 딸린 꽤 깔끔한 방인데 4달러였다. 도시를 걸으면 "3달러만 받을 테니까 우리 집에서 묵어요"라든가 "그럼 우리는 2달러만 받을게요" 같은 말을 항상 들었다. 가장 싼 찻집에서 마시는 밀크티는 5엔 정도였다.

나는 이 여행에서 아무도 만나지 못했다. 카트만두에서 포카라로 이동하고 며칠 지나자, 어쩐지 평소와 다르다는 것을 깨달았다. 나를 데리고 돌아다니고 함께 놀아줄 누군가가 나타나지 않았다. 누군가가 나타나지 않으면 정신이 아득해질 정도로 한가하다는 사실을 처음 깨달았다. 스스로 어디에 가자고 결정하지 않으면 아무 데도 가지 못한다.

정말 한가했다. 포카라에는 '댐사이드'와 '레이크사이드'라는 지구가 있다. 도시 한가운데 커다란 호수가 있는데, 레이크사이드는 그 호수 근처다. 댐사이드는 호수에서 조금 떨어져 있다. 나는 히피풍 서양인들이 돌아다니고, 찻집이나 선물 가게가 볼륨을 높여 록 음악을 틀어놓는 레이크사이드가 아닌, 시골 정취가 나는 댐사이드에 머물렀다.

아침에 눈을 떠도 할 일이 없었다. 아무도 부르러 와주지 않았다. 꾸물꾸물 일어나 찻집에 가서, 바로 옆에 있는 산을 바라보며 차를 마시고, 시골 냄새 나는 댐사이드를 산책하고, 레이크사이드에 있는 선물 가게를 구경하러 갔다가 점심을 먹고, 댐사이드로 돌아와 헌책방이나 잡화점을 보면서 돌아다녔다. 심심했다.

이래선 안 돼. 여행 중반 무렵, 비로소 깨달았다. 이번에는 나를 어딘가로 데려가줄 미지의 사람을 만나지 못한다는 걸 받아들이고, 스스로 어떻게든 할 수밖에 없다. 가까스로 자리를 털고 일어나서 능동적으로 움직이기 시작했다.

버스를 타고 멀리 있는 절까지 가보고, 도시가 어디로 이어지는지 보려고 오랫동안 도로를 걸어보기도 하고, 이 따분함을 이용해 영어를 공부하려고 헌책방에서 페이퍼백을 사서 읽기도 했다.

어느 날, 너무너무 한가했던 나는 큰마음을 먹고 자전거 대여점에 갔다. 내가 여행지에서 이런 행동을 하는 건 상당히 이례적이다. 어쨌든 나는 자전거를 잘 못 탄다. 잘 못 타는 자전거에 타려고 마음먹을 정도로 한가했던 것이다.

그런데 자전거 대여점에 있는 자전거는 하나같이 산악자전거였다. 산악자전거는 못 타지만, 한가하니까 한 대 골라서 가게 앞에서 타봤다. 바로 넘어졌다. 자전거는 옆으로 쓰러지고, 나는 도로에 쭉 나부라졌다. 이 모습을 본 가게 주인이 쓴웃음을 짓더니, 자기 집에서 아이가 타는 듯한 자전거 한 대를 가져다줬다. 낡고 녹슨 어린이용 자전거였다. 나는 그걸 빌렸다.

목적지도 없이, 자전거를 타고 출발했다. 댐사이드를 빠져나가, 논두렁 가운데에 뻗어 있는 길을 달려, 물소가 느릿느릿 도로를 가로지를 때는 멈춰 서서 기다렸다가, 계속해서 앞으로 달렸다. 꼴사납게 비틀비틀 어린이용 자전거를 타고 달렸다.

지금까지 계속 누군가가 어딘가로 데려다줬구나. 나는 자전거 페달을 밟으며 새삼 생각했다. 오토바이나 차나 자전거 뒷자리에 타고, 이 앞에 뭐가 기다리는지 알지 못한 채 어딘가로 따라갔구나. 혼자서는 이 길 끝에 뭐가 있는지 모르는 채 어린이용 자전거로 비틀비틀 달리는 게 고작이구나. 나는 참 부족한 사람이구나. 이렇게 부족한 내가 지금까지 여행할 수 있었던 건 운이 좋았기 때문이구나. 그런 생각을 했다.

달려도 달려도 특별한 건 아무것도 없었다. 도중에 다리 아래로 하천이 흘러서, 나는 자전거에서 내려 잠시 쉬었다. 자전거 가게 아들의 자전거는 안장에 쿠션이 없어서 딱딱한 데다 가죽이 다 닳아서 엉덩이가 아팠다. 운전사가 버스 한 대를 하천의 얕은 여울에 세워놓고 세차하고 있었다. 담배를 피우며 그 모습을 멍하니 바라보는데, 어딘가에서 몰려든 아이들이 내가 세워놓은 자전거를 가리키며 타도 되느냐고 물었다. 아주 잠깐만이야. 몸짓으로 그렇게 말하고, 아이들에게 자전거를 빌려줬다. 혼자서 탈 줄 아는 아이가 있는가 하면, 누가 뒤를 잡아주지 않으면 못 타는 아이도 있었다. 자전거를 조금도 좋아하지 않는 내가 보기에는 왜 저럴까 싶을 정도로, 아이들은 법석을 떨며 환성을 질렀다. 하천 기슭 자갈길을 데굴데굴 구르며 웃고, 뒹굴며 웃고, 저희끼리 밀치락달치락하다가도 웃고, 그러면서 번갈아가며 자전거를 탔다.

아이들에게 자전거를 돌려받고 또다시 길을 달렸다. 이 앞에 뭐가 있는지 모르지만, 다른 할 일이 하나도 없어서 그저 달렸다. 하늘은 드넓고, 논두렁은 저 멀리까지 펼쳐져 있고, 소가 거닐고 있었다. 아주 가끔, 차가 나를 추월해 지나갔다.

세 시간 정도 달리니 갈지자를 그리던 자전거도 나름대로 곧게 탈 수 있게 됐다. 주위에 아무도 없어, 크게 소리 내 노래를 부르며 자전거를 달렸다. 기분 좋았다.

거기서 더욱 멀리 가보니 거대한 댐에 닿았다. 콘크리트로 둘러싸인 인공호수는 데이트 코스인지 휴식처인지, 지금까지 사람을 거의 못 봤는데, 그 주위에는 커플과 가족이 많고 식당이나 선물 가게도 몇 집씩 띄엄띄엄 서 있었다.

나는 댐을 한 바퀴 돌고 나서 자전거에서 내려 아픈 엉덩이를 문지르며 담배를 피우고, 모모(물만두) 가게에서 맥주를 마시고 모모를 먹었다. 가게가 붐볐는데, 여행자가 신기한지 다들 모모를 먹으면서 나를 대놓고 쳐다봤다. “모모, 어때? 맛있어?” 가게 아주머니가 물어 맛있다고 대답하니, 얼굴 가득 웃으며 내 등을 탕탕 때렸다.

모모도 맥주도 다 먹고, 아주머니에게 인사하고 가게를 나와 손목시계를 봤다. 숙소에서 댐까지 네 시간 정도 달렸으니, 슬슬 돌아가면 하루가 끝나겠다.

이야, 하루 종일 혼자 힘으로 놀았다. 뭘 했느냐고 물어보면 특별히 한 일은 없지만, 항상 남에게 신세를 졌던 내게는 경탄받고 상찬받을 만한 과감한 하루였다.

다시 어린이용 자전거에 올라타, 댐사이드를 향해 콧노래를 부르며 달리기 시작했다.

사람이 한가하면 뭐든 하는 법이다. 그 전날에는 산에 올랐었다. 무심코 오르기 시작했는데, 좀처럼 정상이 나오지 않았다. 점점 올라가기 힘들어져, 정상을 향해 기어갔다. 머리로는 더 이상 올라가고 싶지 않다고 생각했지만, 여기까지 왔는데 꼭대기까지 가야지 하는 묘한 사명감도 있었다. 결국 정상까지 갔다. 출발해서 네 시간 가까이 걸렸다. 그렇게 고생해서 올라갔는데, 정상에 도착하고 보니 날이 흐려서 아무것도 보이지 않았다. 안나푸르나가 가까이에 우뚝 서 있어서 맑은 날에는 장관이라고 한다. 새하얗게 낀 안개만 보고, 또다시 터덜터덜 경사가 심한 길을 내려갔다.

자전거도 그렇지만, 나는 등산도 좋아하지 않는다. 어제도 하나도 즐겁지 않았다. 하지만 사람이 할 일이 없으면 산에도 오르고, 자전거도 타는 법이다. 외바퀴밖에 없으면 외바퀴 타는 연습을 할 것이고, 체조 늘임봉밖에 없으면 왜 그러는지도 생각지 않고 봉을 오르내릴 것이다.

두 시간 정도 달렸을 때 좋지 않은 사실을 깨달았다. 자전거가 좀처럼 나아가지 않았다. 올 때는 몰랐는데, 길이 완만한 비탈이었던 것이다. 당연히 돌아가는 길은 오르막. 엉덩이는 아프고, 아무리 발을 굴러도 앞으로 가는 것 같지도 않고, 온갖 고생을 하는 사이, 높고 청명했던 하늘을 회색빛 구름이 점점 뒤덮더니, 비가 똑똑 떨어지기 시작했다. 비에 질까 보냐. 나는 한층 더 크게 노래를 불렀지만, 경쟁하듯 빗발이 굵어지고, 급기야 억수같이 쏟아졌다. 최악이다. 나는 거의 울상이 돼 어린이용 자전거를 타고 필사적으로 오르막을 올랐다.

그때였다. 뒤에서 자전거를 타고 오던 청년 둘이 나를 지나치며 뭐라고 말을 걸었다. 뭐라는지 알 수 없지만, 그들의 몸짓과 단어 몇 개를 듣고 겨우 이해했다. 숙소가 포카라지. 그렇게 가면 포카라에는 밤에나 도착할 거야. 내가 이 자전거를 끌고 갈 테니까 너는 얘 뒤에 타고 먼저 포카라에 가. 그렇게 말하는 듯했다. 괜찮아, 너무 미안하잖아. 처음에는 거절했다. 하지만 빗발은 줄어들 기색이 전혀 없고, 하늘은 점점 어두워져 갔다. 불안한 나머지, 그들의 호의에 기대기로 했다. 나는 어린이용 자전거를 맡기고, 다른 한 사람의 자전거 짐받이에 올라탔다. 청년이 타는 자전거는 내 것과는 비교도 안 될 만큼 거침 없이 빠르게 달리기 시작했다. 몇 미터 뒤에서 다른 한 명이 내 자전거를 재주 좋게 한 손으로 끌며 따라왔다.

결국 또 누군가에게 도움을 받았다. 포카라에 닿았을 때는 아니나 다를까, 해가 완전히 저물어 있었다. 두 사람을 만나지 못했다면 가로등도 없는 시골 길에서 어쩌고 있었을지, 생각만으로도 오싹했다. 두 사람은 어린이용 자전거를 전해주고는 "그럼 안녕" 하고 기가 꺾일 정도로 산뜻하게 인사하고는 자전거를 타고 어딘가로 돌아갔다.

이 여행에서 돌아온 직후, 나는 서른이 됐다. 지금 생각해 보면, 그 따분한 자전거 소풍이 유일한 대모험이었던 네팔 여행은 그전의 여행들과 마찬가지로 역시 뭔가를 시사하고 있다는 느낌이 강하게 든다. 친절한 누군가가 어딘가로 데려다주기를 기다려도 달라지는 건 없다. 이 앞에 뭐가 있는지 몰라도, 그게 아무리 사소한 일일지라도 혼자 행동에 나서지 않으면 안 될 때가 반드시 있다. 그래도 걱정할 건 없다. 더 이상 어찌할 바를 모를 때 주위를 돌아보면, 누군가가 반드시 내게 손을 내밀고 있다. 이 여행에서 느낀 것과 똑같은 사실을 극히 평범한 일상에서 알아간 것은 서른을 넘어서부터였다.

지금까지 계속 누군가가 어딘가로 데려다줬구나.
혼자서는 이 길 끝에 뭐가 있는지 모르는 채
비틀비틀 달리는 게 고작이구나.

이 여행에서 돌아온 직후, 나는 서른이 됐다.

변하고 또 변해도 첫사랑은 첫사랑
푸켓

DEPARTURE
Aéroport
PHUKET

휴가 일정을 잡아서 타이에 다녀왔다. 본토가 아닌 푸켓이었다. 푸켓 하면 대규모 리조트다. 휴가에 딱이다.

출발 전, 푸켓은 분명 와이키키 같은 곳이라고 생각했다. 본토와 완전히 다르게 근대적이어서 세련된 카페나 바가 즐비하고, 오가는 사람들은 모두 외국인 여행자고, 어딜 가든 일본어가 통하겠지. 거기 있는 동안은 이국에 있다는 생각조차 안 들겠지. 그렇게 생각했다.

비행장에서 차를 타고 숙소가 있는 까론 비치로 가는 길, 창밖을 보고 내 짐작이 완전히 빗나갔음을 깨달았다. 보도를 뒤덮은 잡초, 몇 년째 짓고 있는 것 같은 빌딩, 그늘에 늘어선 노점, 그 뒤에 엎드려 있는 떠돌이 개, 벽돌이 어그러진 배수로, 거리를 멍하니 서성이는 할 일 없어 보이는 어른들. 그곳은 영락없는 타이였다. 타이스러운 것으로 가득했다. 기뻤다. 나는 타이의 타이 같은 부분을 사랑해마지않는다.

까론 비치는 예상과 반대로 시골 정취 가득한 곳이었다. 해변에 별 달린 호텔들이 늘어서 있지만 세련된 바나 카페 같은 건 없고, 거리 곳곳에 여행자를 상대로 하는 레스토랑과 선물 가게가 밀집해 있었다. 그 '여행자 거리'를 빠져나가면 아무것도 없었다. 국도와 산뿐이었다.

휴가답게 매일 바다에 갔다. 머리가 스펀지처럼 흐물흐물해지는 게 아닐까 싶을 정도로 정신이 팔려 하루하루를 보냈다. 헤엄치다가 자고, 일어나서는 맥주를 마시고, 그러고는 다시 헤엄치고, 그러다 다시 자고, 일어나서 맥주 마시는 생활을 끝도 없이 반복했다. 타이로 가지도 않고, 이렇게 사치를 부리는 건 처음이었다. 하지만 돌아다녀도, 해변에서 뒹굴어도 똑같이 평온했다.

내가 타이에 처음 간 것은 1991년이다. 거의 두 달 동안 북쪽에서 남쪽까지 여행했다. 이 타이 여행을 하고 나서 여행에 푹 빠져버렸다. 그전에도 이국을 여행한 적은 있다. 그래서 내가 사는 곳과 전혀 다른 세계가 존재한다는 걸 알았고, 컬처쇼크 같은 데에도 익숙하다고 생각했다. 그런데 이 타이 여행에서 완전히 압도당해버렸다. 이국이란 것에 글자 그대로 마음을 빼앗겼다.

시장에 가면 정육점이면 정육점, 생선 가게면 생선 가게가 몇 집씩 질릴 정도로 늘어서 있었다. 정육점에서는 갓 잡은 닭부터 피를 흘리는 해체 직전의 돼지까지 볼 수 있었다. 주인은 어둠 속에 앉아 총채 같은 것으로 날아드는 파리를 쫓았다. 발치에서는 피와 물이 섞인 오수가 흐르고, 맡아본 적 없는 냄새가 풍겼다. 털 뽑힌 닭이 거꾸로 매달려 있는 자리 옆에 닭 꼬치 노점이 있었는데, 피부가 거무스름한 남자들이 쭈그려 앉아 닭을 먹었다. 더 안쪽으로 들어가면, 이번에는 신발 가게와 옷 가게가 빽빽하게 들어서 있다. 얼마나 많은지, 삼면경을 세워놓은 것 같았다. 똑같은 물건을 늘어놓은 가게가 한없이 이어졌다.

1991년의 타이는 가난했다. 노점에서 밥을 먹고 있으면 아무것도 신지 않은 아이들이 무표정하게 다가와 테이블에 종이쪽을 툭 올려놨다. 거기에는 영어로 "부모님이 아프셔서 학교에 못 가요. 돈을 주세요"라고 적혀 있었다. 거절하면 표정 하나 바뀌지 않고 옆 테이블로 가 똑같이 종이쪽을 올려놨다. 방콕 거리 곳곳에 거지가 있었다. 눈이 보이지 않는 사람, 팔이 하나 없는 사람, 두 다리가 없는 사람, 아기를 안은 젊은 여자, 노파, 노인. 또 거리 곳곳이 늘 꽉 막혔다. 차가 토해내는 배기가스 때문에 세 시간 정도 걸으면 콧구멍이 새카매졌다.

장거리 버스를 타면, 한밤중에 알전구 달린 오두막 앞에 멈춰 서서는 승객들에게 내리라고 했다. 거기가 식당 겸 화장실 겸 휴게소로, 알전구 달린 오두막은 말하자면 드라이브인인 것이다. 기사가 시키는 대로 승객들이 어두컴컴한 불빛 아래 긴 테이블에 앉으면, 마치 배급처럼 각자에게 그릇이 돌아갔다. 너무 어두워 뭔지도 잘 모른 채 그걸 먹었다. 똠얌 국수 같은 거였다. 신기하게도 맛있었다. 화장실은 물론 수동식으로 일을 보고 나서 직접 플라스틱 통으로 물을 퍼서 흘려보냈다. 그 물로 엉덩이도 고간도 씻게 돼 있었다.

사람들이 신기할 정도로 친절했다. 눈이 마주치면 웃어주고, 지갑이 떨어져 있으면 주인을 찾아내 갖다 주고, 길을 헤매고 있으면 같이 버스를 타고 차비까지 내주면서 목적지에 데려다줬다.

그 모든 것에 단번에 넘어가버렸다. 사람은 물론 시장 바닥에 흐르는 피, 노점 설거지통에 담긴 탁한 물에마저 반해버렸다. 당시 타이는 깨끗한 것도 더러운 것도 모두 합해서 내가 추구하는 '리얼' 그 자체였다. 생각해보면 나는 리얼과 멀리 떨어져서 자랐다. 길에 방치된 동물 시체를 본 적도 없고, 내가 먹는 돼지고기가 피를 흘린다는 것도 몰랐다. 햇볕이 얼마나 강한지도, 다리 없는 걸인이 있다는 것도 몰랐다. 풀솜에 싸인 것 같은 세계만 봐왔다고, 스물셋의 나는 절절히 생각했다.

매사이는 타이 북단, 미얀마와의 국경이 있는 도시다. 이곳에서 밤에 열리는 축제에 갔다. 운동장 같은 넓은 공터에 노점이 세워지고, 기예가 펼쳐지고, 흉내만 낸 관람차와 스피드코스터가 설치되고, 어른 아이 할 것 없이 홍겨운 얼굴로 흙먼지이는 공터를 걸어 다녔다. 조금 있으니 야외 영화가 시작됐다. 스크린을 대신하는 커다란 하얀색 현수막 앞에 사람들이 빼곡하게 모여 앉았다. 하얀색 천이 바람에 흔들릴 때마다 화면이 어지럽게 움직이고, 스피커 소리는 찢어져서 종종 알아들을 수 없었다. 무슨 영화일까, 실제로 나는 잘 알 수가 없었다. 하지만 스크린 앞에 앉은 모두가 영화에 열중했다. 입을 헤 벌리고, 때로는 웃고 때로는 얼굴을 찌푸리고, 몸을 내밀기도 하고, 전개되는 이야기에 완전히 사로잡힌 사람들의 얼굴에 스크린의 하얀색이 비쳤다. 정말 보기 좋았다.

다음 해, 나는 처음으로 혼자 여행을 떠났다. 타이를 경유해 말레이시아로 갔다. 타이에 홀려버린 것이다.

이번에는 지난번에 가지 않았던 곳을 걸었다. 핫야이, 쑹하이콜록, 사뚠 같은 작은 도시. 어디를 가도 역시 내가 좋아하는 타이였다. 죽 늘어선 시장에 노점, 강한 햇살, 따뜻한 사람들, 리얼한 광경.

그 뒤로 얼마간 타이와 거리를 뒀다. 타이처럼 좋은 곳이 세계에 얼마나 있을지 궁금해졌기 때문이다.

사랑에 빠졌다고밖에 할 수 없다. 말하자면 타이는 첫 남자로, 나는 그 뒤로 줄곧 첫 남자의 그림자를 찾아 돌아다녔다. 사실 진짜 인간에게는 그렇게까지 집착하지 않는데 말이다.

또다시 타이를 찾은 건 7년 뒤인 1999년. 미얀마에서 돌아오는 길에 방콕, 수라타니, 끄라비를 여행했다.

7년 사이에 타이는 완전히 달라져 있었다. 구걸하는 사람은 더 이상 없었다. 밥을 먹고 있어도 더 이상 맨발의 소년이 다가오지 않았다. 배기가스 상태도 상당히 나아졌다. 방콕에는 로프트(일본의 팬시 문구 체인점)가 생겼다. 젊은 사람들은 시부야를 걷는 소년 소녀와 하나도 다를 바 없이 도회적이었다. 7년 전에는 썰렁했던 고급 백화점이 타이 사람들로 북적였다.

전에는 월급보다 비싸다고 했던 싱하 맥주를 다들 일상적으로 마셨다. 싱하 맥주보다 훨씬 싼 창 맥주라는 새로운 브랜드도 생겼다. 청결한 노점에는 영어로 된 메뉴판까지 있었다.

내가 가지 않은 동안, 타이는 거품경제와 붕괴를 모두 경험했다. 그러면서 방콕도 변했으리라.

다음 해, 이번에는 라오스에서 돌아오는 길에 들렀다. 치앙라이, 매사이를 거쳐 방콕으로.

치앙라이에서 장거리 버스를 타고 방콕으로 들어간 나는 10년 동안 타이가 얼마나 변했는지를 크게 실감했다.

장거리 버스는 그때와 마찬가지로 밤에 드라이브인에 들

렸다. 하지만 그곳은 더 이상 캄캄한 오두막이 아니었다. 형광등이 밝게 빛나는 훌륭한 가게였다. 사람들은 먹고 싶은 음식을 먹고, 과자를 사고, 화장실에 갔다. 같은 버스에 타고 있던 타이 여자아이 몇 명과 나는 화장실에 갔다. 먼저 화장실 문을 연 여자아이가 질색했다. "더러워! 이런 데 어떻게 들어가." 그러면서 다른 칸으로 들어갔다. 빈 곳이 거기밖에 없어서 나는 그 '더러워! 어떻게 들어가' 칸의 문을 조심조심 열었다. 어안이 벙벙했다.

평범한 수세식 변소로, 타일 바닥에 나방 몇 마리가 죽어 있을 뿐이었다. 오물이 있는 것도 아니고, 바닥이 물이나 분뇨로 더러운 것도 아니었다. 여자아이가 말한 그 '더러운' 칸에서 일을 보며 타이의 변화를 절절히 실감했다.

불과 10년 전만 해도 바닥은 물바다에, 수세식도 아니고, 구석에 놓인 플라스틱 통에서 플라스틱 바가지로 물을 떠서 흘려보냈는데. 물이 담긴 플라스틱 통 옆에는 흘려보낼 수 없는 휴지를 버리는 통이 있고, 똥이나 오줌이 묻은 휴지가 그냥 쌓여 있었는데.

젊은 사람이 나방 몇 마리 죽어 있는 수세식 화장실을 보고 '더럽다'고 생각하는, 이 청결에 대한 감각의 변화야말로 타이의 변화를 가장 잘 보여준다. 나방 화장실에서, 나는 묘한 감동을 느꼈다.

나고 자란 나라에서 변화를 느끼기는 정말 어렵다. 물론 컴퓨터 보급이나 휴대전화의 등장으로 소통 방식이 달라졌다는 것 등은 체감할 수 있지만, 그건 변화가 아니라 단지 신제품이 등장한 것뿐이다. 1970년대 이후로는 어떤 세계관 같은 것이 크게 변하는, 온몸이 뒤흔들리는 일은 더 이상 있을 수 없다는 게 내 생각이다. 그렇기 때문에 우연히 여행하다가 반해버린 곳에서 생생한 변화를 목격하는 건 정말 행복한 경험이다. 물론 여행자의 입장으로밖에 그 변화를 접할 수 없지만, 거꾸로 생각하면 여행자라도 알 수 있을 정도로 큰 변화인 것이다.

그렇지만 타이의 좋은 점은 새로운 것에 완전히 물들지 않는 데 있기도 하다. 지금이야 방콕에 모노레일이 개통되고, 히피가 어슬렁거리는 수상쩍은 곳이었던 카오산 로드는 시부야 같은 번화가가 돼 세련된 건물과 가게가 늘어서고, 중앙역을 둘러싼 가난의 상징이었던 쏨땀 노점들은 몽땅 철거됐다. 사람들은 더더욱 청결을 좋아할 것이다. 하지만 중심가에서 수상 버스를 타고 단 두 정거장만 가면 옛 모습 그대로의 방콕이 있다는 것 또한 사실이다. 노점에서는 영어가 통하지 않고, 피와 오수가 흐르는 시장이 있고, 지도를 펼치면 누군가가 길을 잃었느냐고 물어봐준다.

변화, 그리고 무슨 일이 있어도 변하지 않는 확고한 핵. 이것이 타이의 본모습이다. 처음에 반한 남자는, 반하지 않을 수 없는 매력이 있는 남자였다고 10년하고도 조금 더 지나 실감한 나는 스스로의 심미안을 칭찬하고 싶기까지 하다. 물론 이 역시 진짜 인간을 비유하는 말은 아니고.

여행 성향이 영 달라도 괜찮아
스페인

성격상 하고 싶지 않은 일은 되도록 안 하고 싶다. 티켓을 구하고, 빈방을 찾고, 지도를 확인하고, 노선을 조사하고, 이런 일은 하나도 하고 싶지 않다. '이렇게나 근성이 게으른 인간이 잘도 혼자서 여행을 다니는구나' 하고 언제나 생각한다. 실제로 여행이 좋은지 어떤지 이제는 잘 모르겠다. 좋아서 한다기보다는 뭔가 어쩔 수 없는 사정이 있어서 한다는 편에 가까운 것 같다. 그러나 그 어쩔 수 없는 사정이란 '그 땅이 실제로 있는지 어떤지, 있다면 어떤 곳인지 보고 싶다'라는 매우 유치한 것이다. 어떤 곳인지 봤다고 해서 인생이 크게 달라지는 것도 아니다. '앗, 정말 있었구나. 아아, 으음.' 딱 이 정도다. 똑똑해지는 것도, 경험이 풍부해지는 것도 아니다. 안타깝게도 나는 여행에 익숙해지지도 않는다.

내가 아니라 Y 같은 사람을 두고 여행을 좋아한다고 말하는 것이리라.

Y와 스페인을 여행한 게 벌써 10년 전이다. Y는 스페인이 좋아서 좋아서 너무 좋아서, 이미 몇 번이나 다녀온 터였다. 그렇게나 다녀왔으면서 아직도 둘러보고 싶은 곳이 산더미라며, 약 3주간의 여정 대부분을 정해줬다.

이 여행에서 나는 여행이 얼마나 개별적인지 실감했다. 크게 두 종류로 나눈다면 나는 초 다우너downer파, Y는 초 어퍼upper파다(다우너에는 진정제라는 뜻이, 어퍼에는 각성제라는 뜻이 있다).

나리타에서 날아간 비행기는 한밤중에 마드리드에 닿았다. 거기서 하룻밤 자고 다음 날 아침 바로 싼 숙소를 찾아 체크인을 했다. 그러고 나서 한숨 자려나 했는데, Y는 발랄하게 프런트로 가서 아저씨 스태프에게 스페인어로 이렇게 물었다. "이 근처에 엄청 맛있는 식당 없어요? 값도 싸야 해요." 나는 Y에게 이끌려 숙소 아저씨가 추천한 저렴한 식당으로 갔다. 그 가게는 복잡하게 얽힌 골목에 있었는데, 현지인들로 붐볐다. 우리는 테이블에 얌전히 앉아 아저씨의 메모를 펼쳤다. 놀랍게도 Y는 아저씨에게 추천 요리 이름까지 써달라고 한 것이었다. 그 요리가 대체 뭔지도 모른 채 우리는 메모를 보여주며 주문을 마쳤다. 식당에서 내온 요리는 확실히 싸면서도 맛있었다.

"그나저나 이게 무슨 요리일까." 뭔지 모를 고기조각과 토마토를 흐물흐물해질 때까지 푹 삶은 요리가 담긴 접시를 톡톡 치며 Y에게 물었다.

"알아보자." 그러면서 스페인어 사전을 꺼내는 점 역시 내게는 없는 행동력이다.

책장을 넘기던 Y가 손을 우뚝 멈추고 말했다.

"소불알이래."

우리는 잠시 아무 말 없이 거의 비운 그 접시를 바라봤다.

숙소 사람에게 가게를 물어보고, 그 가게를 찾아가 불알 요리를 먹는다는 건, 다우너파인 나로서는 평생 걸려도 불가능한 개인기다. 다만 불알의 명예를 위해 말해두는데, 그 요리는 정말 맛있었다.

스페인에 도착하고 바로 다음 날 아침, 이동할 때부터 나는 전권을 Y에게 넘겼다. Y는 정말 시원시원하게 지금 있는 곳과 가고 싶은 곳을 싸게 짧게 연결해서, 표를 사고 버스 정류장으로 내달리고 버스에서 내려 싼 숙소를 찾아 돌아다녔다. 내가 매번 싫고 싫어서 몸부림치지만 혼자이기 때문에 어쩔 수 없이 하는 이 모든 일을 기분 좋게 해내고, 아무것도 하지 않는 나를 탓하지 않았다.

하지만 Y는 파워풀해도 너무 파워풀했다. 마드리드에 한밤중에 도착해서 다음 날부터 이동하며 시작한 여행은 매일 하룻밤만 묵고 계속 움직이는 식이어서, 솔직히 그때도 지금도 어디에 갔는지 전혀 모르겠다. 가이드북을 펼치고 어렴풋한 기억에 의지해 확인해보자니 이런 여정이었던 듯하다.

마드리드→그라나다→말라가→푸엥히롤라→미하스→론다→세비야→피게라스→카다케스→바르셀로나. 대단하다. 불과 3주 만에 스페인을 완벽하게 횡단했다.

푸엥히롤라는 지중해 연안의 관광 휴양 도시로, 이곳에 도착한 건 아직 여행 전반이었다. 하지만 나는 일치감치 에너지가 바닥나 더 이상 움직이지 말고 여기 있자고 제안했다. 리조트는 서양인 손님들로 붐볐다. 나는 아침에 눈을 뜨면 바다로 가서 하루 종일 맥주를 마시고 바다를 바라보며 지냈다. 드디어 여행이 다우너파에게 맞춰진 데 안도했지만, 어퍼파인 Y는 바다 앞에 널브러진 나를 두고, 프엥히롤라에서 당일치기로 다녀올 수 있는 시골에 갔다가 저녁에 싱글벙글해서 돌아왔다. 게다가 무시무시하게도, 하루는 아침에 나갔다가 저녁에 거대한 그림을 들고 돌아왔다. "정말 멋진 그림을 발견했어. 너무 갖고 싶어서 사버렸지, 뭐야." 신문지로 몇 겹씩 포장된 그림을 어루만지며 말했다.

"여행 내내 그걸 들고 다닐 거야?"

"그래야겠지."

Y는 전혀 문제 없다는 얼굴로 말했다. 나는 Y의 근성에 진심으로 탄복했다.

한편 나는 이 리조트 비치에서 난생처음 도둑이란 걸 맞았다. 지금 생각해도 100퍼센트 내가 잘못했다. 아침에 숙소를 나서는 Y를 배웅하고, 해변으로 가 맥주를 마시고 누워 있다가 짐을 비치체어에 둔 채로 몇 시간씩 헤엄치는 데 푹 빠져 있었기 때문이다.

열 손가락이 퉁퉁 불은 채 돌아와보니 비치체어에 놔둔 짐이 없어졌다. 아무리 찾아도 없었다. 비치체어를 빌려주는 아저씨에게 물어도 모른다는 대답뿐이었다. 중요한 것은 들어 있지 않았다. 노트 한 권, 2천 엔 정도 잔돈이 든 낡은 여행용 지갑, 손목시계 정도. 하지만 살면서 처음으로 물건을 도둑맞았기 때문에 엄청난 충격이었다. 특히 시계를 잃어버려서 가슴 아팠다. 그 시계는 스물세 살 때 방콕에서 샀는데, 3천 엔 정도밖에 안 하는 싸구려지만 그 뒤로 줄곧 여행을 함께해왔다. 당일 교외 여행에서 돌아온 Y에게 풀 죽어서 이 사건을 이야기하자, Y가 찾아보자며 일어섰다.

"그거 가져간 범인, 겉보기에도 싸구려인 시계를 보고 실망해서 잔돈만 챙기고 가방은 통째로 어딘가에 버렸을지도 몰라. 이 마을에 있는 쓰레기통을 뒤져보자."

이렇게 해서 나와 Y는 리조트 손님으로 북적이는 저녁의

푸엥히롤라를 쓰레기통을 뒤지며 돌아다녔다. 스페인의 쓰레기통은 거대한 플라스틱 통으로, 길가에 툭 놓여 있어서 보면 바로 알 수 있다. 우리는 쓰레기통이 보이면 달려가서 거대한 뚜껑을 열어 내 낡은 배낭이 들어 있는지 들여다봤다. Y는 다음 날 아침에도 출발 직전까지 쓰레기통 뒤지는 걸 도와줬다. 결국 짐을 찾지는 못했지만, 지금 푸엥히롤라를 떠올리면 쓰레기통이 생각난다. 햇빛이 반짝이는 해변에 늘어선 무수히 많은 거대한 쓰레기통. 가족과 함께, 또는 개와 산책하는 서양인 여행자들은 쓰레기통을 들여다보는 우리를 이상하게 쳐다봤다. 이런 추억이 있기 때문에 난생처음 도둑을 맞았어도 이 도시를 도저히 싫어할 수가 없다.

시계는 없어도 여행은 계속됐다. 푸엥히롤라를 떠난 나는 또다시 Y에게 모든 것을 맡기고, 전혀 모르는 도시들을 돌아다녔다. 바위 위에 지어진 도시도 있었고, 거대한 교회가 있는 도시, 투우가 성행하는 도시, 플라멩코가 시작된 도시도 있었다. 스페인을 좋아하는 Y는 스페인이 처음인 내게 많은 것을 보여주고 싶었는지, 자신도 여행자면서 안내 역까지 떠맡아 플라멩코 술집, 궁전, 그릇 가게, 파에야 가게……, 하여간 여러 곳에 데려가줬다.

사실 나는 매일 이동하는 것도 그렇지만, 스페인 음식에 녹초가 됐다. 올리브 오일이 찰랑거리는 고기나 생선이나 조림은 입에 넣을 때는 맛있지만, 계속해서 먹으니 위가 힘들었다. 밥을 먹을 때가 되면 "아아, 또 올리브 오일 탕인가……" 하고 먼 산을 바라보게 됐다. 그런데 이 스페인 음식을 먹고 Y는 날이 갈수록 활기에 넘쳤다.

좋아하는 여행지와 전생은 뭔가 관계가 있지 않을까 하고 Y를 보고 생각했다. 예를 들어 나는 타이에 처음 발을 디뎠을 때 단번에 마음을 빼앗겼다. 이 마음은 십수 년이 지난 지금도 식지 않았다. 타이 음식은 뭐든 맛있다. 탁한 물에 설거지하는 노점이어도 상관없고, 세계에서 제일 맵다는 풋고추를 팍팍 먹어도 너끈하다. 나는 분명 전생에 타이 사람이었을 거다. 그리고 하루가 다르게 에너지가 가득해져가는 Y는 전생에 스페인 사람이었을 거다. 그런 우리가 도쿄에서 만나 함께 여행한다는 것이 신기했다.

여행 후반, 우리는 살바도르 달리가 태어난 고향이자 죽음을 맞은 땅이기도 한 피게라스를 경유해 해변 도시 카다케스로 갔다. 나는 이 도시가 가장 인상 깊었다.

그런데 Y는 카다케스행 버스를 기다리는 몇 시간 동안에도 "미술관에 잠깐 갔다올게"라는 말을 남기고, 종종거리며 피게라스 버스 터미널을 빠져나갔다. 나는 버스 터미널 의자에 축 늘어져, 햇빛 속으로 달려가는 Y에게 느릿느릿 손을 흔들었다.

카다케스는 가이드북에 따르면 '달리를 비롯해 예술가들이 지냈던 어촌이자 클럽메드에서 이름을 떨친 대단한 리조트도 있는' 모양이었다. 대단한 리조트가 있다고 하기에는 아담하고 조용한 곳이었다. 바다가 있고, 산이 있고, 시간이 유유자적 흐른다. '바다가 있고 산이 있고 예술가가 많은' 곳에는 반드시 히피가 모여든다. 여러 곳을 여행하다 보니 알겠다. 카타케스도 예외가 아니어서, 아담하고 조용한 도시 곳곳에 한때 히피였을 것 같은 중년들이 있었다. 그 전직(현역?) 히피도 한몫해서, 도시에는 지극히 대범하고 느슨한 공기가 흘렀다. 나는 그것도 좋았다.

피게라스만큼 크지는 않지만, 이곳에도 달리 미술관이 있었다. 한곳에 머무는 동안에는 해파리처럼 좀체 움직이지 않는 나도 이 미술관에는 가봤다. 가보고 나서 매우 큰 감명을 받았다. '계란 집'이라고도 불리는 이 미술관, 정말이지 기분 좋았다. 내부 장식, 온도, 창의 위치, 빛의 양이 매우 정교하게 계산돼, 내부를 걷기만 해도 기분이 좋아졌다. 이날은 나직하게 엔야의 음악이 흘렀다. 엔야와 달리는 신기할 정도로 잘 어우러져서 독특한 분위기를 자아냈다. '어린이 금지'라고 적힌 어둑어둑한 작은 방이 있었는데, 거기에는 음란한 그림이 죽 걸려 있었다. 미술관을 만든 사람의 센스에 무심코 히죽거리고 말았다.

여행의 마지막은 바르셀로나였다. 나는 다시 에너지가 떨어져, Y와 거의 따로 떨어져 하루를 보냈다. 어딘가를 돌아다니고 온 Y와 밤에 만나 함께 밥을 먹었다. 여기저기 돌아다녀도 전혀 지치지 않고, 매일매일 눈을 빛내며 어디에 있는 뭘 보고 싶다는 생각을 하자마자 최단 거리를 알아내 떠나는 Y를 보자니, 나는 정말 여행에 적합한 인간이 아니구나, 통감했다.

이 여행을 한 지 10년 가까이 지난 지금도, Y는 시간을 내 스페인을 여행한다. 호텔 방에 강도가 든 적도 있다는데, 그런데도 스페인 사랑이 식지 않았으니 정말 대단하다.

이따금 둘이서 스페인을 여행한 기억을 떠올린다. 전차를 기다리는 동안, 저녁 식사를 마치고 나서, 잠들지 못하는 깊은 밤에, 우리는 책이나 노트나 가이드북을 들고 카페에 가곤 했다. 카페라기보다 매점에 가까운, 과자나 빵이나 잡지를 파는 작은 가게로, 커피와 와인 정도는 안에서 마실 수 있었다. 작은 테이블에 마주 앉아 각자 책을 읽고, 일기를 쓰고, 그러다 질리면 지금까지 한 적 없는 각자의 이야기를 띄엄띄엄 하곤 했다. 부모님이나 가족, 자신의 과거나 성격, 몇 번의 연애, 앞으로의 일. 어퍼파인 Y는 카페라테를 마시고, 다우너파인 나는 언제나 글라스와인을 마셨다. 작은 가게 밖으로는 비가 내리거나 맑거나, 저녁이거나 새벽녘이거나, 낯선 이국의 도시가 펼쳐졌다. 이 시간을 떠올리면 언제나 누군가와 함께 여행한다는 건 참 좋구나 하고 생각한다.

작은 테이블에 마주 앉아
각자 책을 읽고, 일기를 쓰고,
그러다 질리면 지금까지 한 적 없는
각자의 이야기를 띄엄띄엄 하곤 했다.

그러다 영영 못 돌아올 수도 있어
발리

친구 N군, K군과 셋이서 거의 3주 동안 발리를 여행한 적이 있다. 꽤 오래전 일이다. 엄청난 여행이었다. 실제로 지금도 문득, 잘도 살아 돌아왔네 하고 생각할 때가 있다.

애초에 발리에 갈 이유도 목적도 없었다. 술집에서 그러자고 하고서 그 이야기를 즉흥적으로 실현했을 뿐이다. 당시에 N군은 뭐랄까, 소위 약물 계통에 빠져 있어서 그게 합법인 나라에 가면 끊임없이 환각 여행을 떠났다. 나는 아무런 목적 없이 발리에 갔지만, N군은 즉흥적으로 움직이면서도 속으로 그런 기대를 한 모양이었다.

타이에도 말레이시아에도 베트남에도 인도네시아에도, 위법이긴 하지만 약물이 있다. 질 같은 건 몰라도, 마리화나는 대체로 어디서든 싸게 손에 넣을 수 있다. (정확하게 말하자면 어디를 가든 파는 사람이 있다.) 시골에는 매직머시룸이 있고, LSD 같은 건 현지에서 사귄 여행자가 나눠줄 때도 있다. 헤로인, 코카인은 있기는 하겠지만 평범한 여행자의 눈에는 잘 띄지 않는다. 작정하지 않으면 찾을 수 없다.

물론 발리에도 여러 가지가 있다. 매직머시룸은 유명한 모양이다. N군은 분명 출발 전에 관련 내용을 빈틈없이 조사하고, 나나 K군과는 전혀 다른 마음으로 발리 여행을 꿈꿨을 것이다. 지금에서야 하는 생각이지만 말이다.

번화가인 쿠타에 숙소를 잡고, 일단 해변으로 향했다. 무슨 일인지 모래사장은 에노시마처럼 붐비고 바닷물은 그리 깨끗하지 않았지만, 그래도 바다는 바다였다. 우리는 어쨌든 가슴 두근거리며 모래사장에 천을 펴고, 슬슬 헤엄칠 준비를 했다. 그런데 그때 펀치파마 스타일, 검은색 선글라스, 알로하셔츠를 입은, 누가 어떻게 봐도 수상한 아저씨가 어딘가에서 나타나 N군에게 스윽 다가왔다. "마리화나 있는데 살래요?" 아저씨가 속삭였다. 척 보기에도 뻔한 거짓말이어서 N군이 상대할 리 없다고 생각했는데, 다시 보니 N군과 아저씨가 나무 그늘에서 뭔가 거래를 하고 있었다.

몇 분 뒤, 얼굴 한가득 웃으며 N군이 돌아왔다.

"샀어, 샀어."

"가짜일지도 몰라."

내가 말했지만 N군은 "괜찮아. 확인했어"라고 의기양양하게 말했다. 아무래도 나무 그늘에서 펀치파마가 '시험 흡연'을 해주고 판 모양이었다.

"그래? 뭐, 일단 헤엄부터 치자."

드디어 바다에 들어가려고 하는데, 또다시 낯선 중년 남자가 N군에게 다가왔다. 이번에는 뭐야, LSD야? 미간에 주름을 잡고 상황을 지켜보고 있자니, 중년 남자가 N군에게 말했다. "경찰이다. 당신, 지금 대마 샀지? 대마는 이 나라에서 위법이라고. 아마 무거운 벌을 받게 될 거야." 구깃구깃한 반바지에 반팔 셔츠(구멍 뚫림)를 입은 궁상맞은 차림으로, 도저히 경찰관으로는 보이지 않았다. 하지만 아저씨는 N군을 계속해서 위협했다. "당신, 따라와. 체포할 거야." 그러면서 N군의 팔을 붙잡더니 속삭였다. "그렇지만 만약 ○○루피아를 내면 봐주지." 당연히 펀치파마와 그는 한패였다. N군은 마지못해 요구하는 금액을 냈다. 그러고 나서 바로 '시험 흡연'한 것만 진짜고, N군이 산 물건은 전부 가짜로 판명됐다.

"속을 게 따로 있지", "애초에 처음 온 펀치파마가 수상하다는 건 금방 알 수 있잖아", "아직 첫날이라고" 등등. N군은 나와 K군의 온갖 비아냥거림에 점점 어깨를 떨어뜨렸다.

보통은 이쯤에서 '같은 실수를 두 번 하진 않겠어'라는 결론에 이르러야 하는데, N군은 "반드시 만회해 보이겠어"라며 기합이 들어가버렸다.

이때부터 기합 들어간 N군이 한 일을 말하자면……. 친구가 된 현지 청년이 "○○(코카인인지 스피드인지, 어쨌든 약물) 있어" 하자, 우리를 두고 따라갔다가 또 속고 실망해서 돌아왔다. 게스트하우스 직원에게 해시시가 있다는 말을 듣고 그 자리에서 바로 흥정에 들어갔다가, 결국 그것도 실패하고 점점 더 풀이 죽었다. 기분전환(?) 겸 덴파사르(발리섬 관광의 중심지)까지 데려갔더니, 쇼핑센터를 함께 구경하다가 어느새 혼자서 수상쩍은 남자와 흥정을 하고 있었다.

그즈음, 때마침 K군의 발리인 친구가 쿠타에서 버섯을 팔고 있었다. K군은 원하는 것을 구하지 못한 N군을 데리고 친구에게 매직머시룸을 사러 갔다. 그런데 마침 건기여서, 건조 후 냉동한 버섯밖에 없었다. 나도 먹었지만, 실제 기대한 정도의 효과는 얻을 수 없었다. (우기에만 신선한 것이 있다.)

"냉동 따위 안 된다고!!" N군이 절망한 나머지 절규했다.

"참치든 꽁치든 냉동하면 풍미가 떨어진다고!!" 일본식 정론을 꺼내며 더더욱 절규.

깊은 절망에 빠진 그를 동정했는지, 버섯을 파는 친구가 "그렇게까지 원한다면 따로 보관해둔 물건을 갖다 줄게" 하고 엄숙하게 선언했다. "내일 갖고 갈 테니까 하루 비워두라고.

정말 센 건데 합법이라서 안심해도 돼." 친구는 이 말을 남기고 자리를 떠났다.

다음 날 오전, 버섯을 파는 그가 우리 숙소를 찾아왔다. 그리고 5센티미터×3센티미터 정도 크기의 비닐봉지에 든 분말을 내밀었다.

"세 명분이야. 인스턴트 커피에 타서 마셔. 한꺼번에 전부 넣지 말고, 꼭 조금씩 시험하면서 넣으라고. 듣기 시작하는 것 같으면 그걸로 충분하니까 더 넣지 말고."

우리는 얌전히 고개를 끄덕이며 그 갈색 분말을 바라봤다.

"갈게." 버섯 파는 청년이 돌아가려다가 불쑥 우리를 돌아봤다. "다시 한 번 말하는데, 너무 많이 마시지 마. 못 돌아오게 되는 수가 있으니까. 그런 놈들, 꽤 있다고. 그럼, 또 보자고."

못 돌아오게 되는 수가 있다는 그의 말을, 나도 N군도 K군도 농담이라고 받아들였다. 어쨌든 분말은 합법적이다. 위법적인 것보다야 안전하고 건강(이런 말도 좀 이상하지만)할 테고, 약효가 지속되는 시간도 짧을 것이다.

"어서 커피 마시러 가자!"

며칠 동안 낙담에 낙담을 거듭해온 N군이 힘차게 선언했다. 아직 새가 지저귀는 상쾌한 오전 중, 우리는 숙소 근처 찻집으로 향했다. 지붕도 벽도 대나무로 짠 찻집에서 인스턴트 커피를 주문해 스푼으로 분말을 조금씩 녹여 마셨다.

찻집 주변은 나무가 울창해, 오전 햇살에 잎이 반짝반짝 빛났다. 찻집 앞 붉은 흙이 깔린 비포장 길을 자전거 몇 대가 지나갔다. 대나무 지붕에 달라붙은 도마뱀붙이가 "돗케이" 하고 기묘한 울음소리를 냈다. 시간이 침전하듯 느릿느릿 지나갔다.

"안 듣잖아!" 수십 분 뒤, N군이 비통하게 소리를 질렀다. "이제 못 참아. 속 시원하게 넣어버리자" 하고 분말을 문자 그대로 속 시원하게 커피에 넣기 시작했다. 실제로 변화가 전혀 없었기 때문에 나도 K군도 N군의 뒤를 따랐다. 받은 분말을 전부 삼등분해 미지근한 인스턴트 커피에 넣고, 스푼으로 휘휘 젓고, 분말이 다 안 녹아서 알갱이가 깔끔거리는 액체를 억지로 털어 넣었다.

그 직후였다. 변화가 찾아왔다. "저기, 어쩐지 혀가 저리지 않니?" 내가 옆에 있는 N군에게 말했다. N군이 뭐라고 대답하는데, 목소리가 엄청나게 멀어서 잘 들리지 않았다. "응? 뭐라고?" N군 입 쪽으로 귀를 갖다 대자 N군 목소리는 들렸다. 하지만 혀가 완전히 꼬여서 웅얼웅얼 의미 모를 말을 하고 있었다. "무슨 소리 하는 거야? 이상하네, N군." 그렇게 말하는 내 혀도 꼬였다는 것을 깨달았다. 제대로 발음하려고 해도 입이 말을 듣지 않았다. 뭔가 엄청나게 이상했다. 그것도 위험한 쪽으로 이상했다.

“저기, 일단 어서 숙소로 돌아가자.” 나는 혀가 꼬인 채로 말했다. 두 사람도 보통 상황이 아니라는 걸 알아차렸는지 내 말에 동의했다. 우리 셋은 나란히 찻집을 나와 숙소로 향했다. 숙소에 이르렀을 즈음에는 똑바로 걷기도 힘들었다. N군은 입구 벤치에 뻗으며 “여기서 자고 갈게” 했다. K군은 “나는 여기서 좀 쉴래” 하고 안뜰에서 쓰러졌다. 나는 기듯이 객실로 돌아가 겨우겨우 침대에 누웠다. 눈에 불이 튀고, 혀가 저리고, 손발에 힘이 들어가지 않았다. 그래도 잠들면 어떻게든 될 것 같았다. 의외로 쉽게 수마가 찾아왔다.

눈을 떴다. 창에서 빛이 쏟아져 들어오고, 베란다에서 낯선 새가 날아다니며 그림자를 움직였다. 아아, 살았다. 하지만 정말 강렬한 물건이었다. 그때까지 머리가 댕댕 울렸다. 우리는 트윈룸에 엑스트라베드를 넣어 셋이 한방을 쓰고 있었다. 내가 누워 있었던 데가 입구에서 가장 가까운 K군 침대였다는 걸 깨닫고 내 침대로 가려다가 그 자리에서 얼어붙었다.

내 침대에 엄청나게 큰 개가 죽어 있었다. 갈색 개가 이쪽으로 찢어진 배를 드러내고 엎드려 있었다. 내장이 그대로 보이고, 이상한 냄새도 났다. 나는 놀라움과 공포에 질린 나머지 그 자리에 우뚝 서서, 머릿속으로 ‘어떻게 하지’라는 말만 되풀이했다. 오늘 밤 잘 데가 없다. 얼른 처리해야 한다. 하지만 이렇게 큰 개를 나 혼자 옮길 수 있을 리 없다.

나는 허둥지둥 방을 나와 로비와 정원을 헤매고 다니며 N군과 K군을 찾았다.

K군은 아직 정원에서 자고 있었다.

"K군." 나는 그를 흔들어 깨웠다. "큰일 났어. 개가, 개가 내 침대에 죽어 있어. 그거 처리하는 것 좀 도와줘."

K군은 눈을 뜨더니 나를 보고 "아아, 담배 좀 피워야겠다" 같은 소리를 하며 주머니에서 펜을 꺼내 불붙이는 시늉을 집요하게 반복했다. "어라? 뭐야? 불이 안 붙잖아. 붙을 생각을 안 하네." 라이터도 아닌데 펜에 불이 붙을 리 없잖아. 나는 기막혀하며 그를 바라보다가 번득 깨달았다. 그렇구나, K군은 아직 그 이상한 약에서 깨지 않은 것이다. 그럼 말해봤자 소용없다. 나는 그 자리에서 벗어나 N군을 찾았다.

N군 역시 입구 벤치에 여전히 엎드려 있었다. 그를 흔들어 깨우고, 조금 전과 같은 말을 했다. 그러자 그가 느릿느릿 일어났다.

"알았어. 그럼 내가 보고 올게." N군이 단호하게 말하고, 재빨리 객실로 향했다. K군과 다르게 N군은 이제 정상인 듯했다.

몇 분 뒤, N군이 싱글싱글 웃으며 돌아왔다.

"네 침대에 있는 건 햄스터던데. 잘 보라고. 안에 귀여운 게 대여섯 마리 있으니까."

"뭐? 개도 있잖아. 죽은 개 없었어?"

"응, 그렇지만 그 아래 바구니에 햄스터가 들어 있었어. 개를 치우면 불쌍하잖아."

N군은 그렇게 말하고는 다시 벤치에 드러누워버렸다. 나는 주뼛주뼛 방으로 돌아가 아직 그 자리에 방치돼 있는 개를 물끄러미 쳐다봤다. 섬뜩하게 늘어진 검붉은 내장 부근을 가만히 들여다보니 확실히 동그란 눈 몇 개가 이쪽을 보고 있었다. N군이 말한 대로 개의 찢어진 배 아래에 등나무로 짠 바구니가 있고, 그 안에 햄스터 몇 마리가 앙증맞게 들어가 이쪽을 바라보고 있는 게 아닌가. 뭐랄까, 너무 귀여워서 마음이 다 풀어졌다.

아아, 그러나 개는 안 된다. 햄스터는 있어도 되지만, 죽은 개는 당연히 곤란하다. N군도 K군도 도움이 안 된다면, 숙소 직원에게 부탁할 수밖에 없다. 나는 마음을 굳게 먹고 로비로 내려갔다. 로비에는 손님이 아무도 없다. 나는 로비 소파에 앉아 프런트 부근에서 일하는 직원을 지그시 바라봤다. 그리고 마음속으로 곰곰 생각했다.

과연 "침대에 죽은 개가 있는데요"라는 말이 영어로 뭘까? "개만 치워주시면 돼요. 햄스터는 그대로 둬도 괜찮아요"라는 말은 또 어떻게 하지? 소파에 파묻히듯 앉아 바쁘게 일하는 직원을 눈으로 좇으며, 열심히 영작을 했다. 어 데드 독 이즈 인

마이 베드. 이걸로 될까? 그럼 햄스터는?

내가 그때 숙소 직원에게 말을 걸지 못한 이유는 내 사고와 행동이 어쩐지 이상하다는 걸 알아챘기 때문이 전혀 아니다. 단순히 하고 싶은 말을 영어로 옮길 수 없었기 때문이다. 그날 저녁, '돌아온' 나는 영어에 능숙하지 않아 천만다행이라고 진심으로 생각했다. 신에게 감사드리기까지 했다. 당연한 일이지만, 죽은 개도, 햄스터도 침대 커버가 돌돌 뭉쳐서 생긴 주름이었기 때문이다.

그날 밤에는 모두 평소 상태로 돌아와, 청년이 "돌아오지 못하게 된다"라고 한 말을 새삼 절절하게 이해했다. 하지만 정말 무서운 건 정신이 이상해진 것 자체가 아니라 이상해졌다는 걸 깨닫지 못하는 것이라는 사실을 뼛속 깊이 느꼈다. 그런 걸 알기 위해 발리에 간 건 아니었지만 말이다.

취향, 있으신가요?
오스트레일리아

확실히 좋아하는 이성 취향이란 게 있다. 이를테면 나는 강아지상 남자가 좋다. 강아지상 남자를 보면 가슴이 벅차오른다. 10대 때부터 줄곧 그랬다. 이런 취향은 더 이상 뭐 어쩔 수 없고, 아마 앞으로도 계속 변하지 않으리라 생각한다. 내 마음속에 꼬옥 들어 있는 작은, 아무 소용 없는 고집.

오스트레일리아의 어느 섬에서 만난 칼은 일본 여자를 정말 엄청나게 좋아했다. 일본 여자라는 이유만으로 절세미인으로 보고, 그것도 백이면 백, 배려 깊고 마음씨 고운 사람이라고 믿었다. 진심으로 그렇게 믿었다.

그 섬에 간 건 스물일곱 살 때였다. 한 달 정도에 걸쳐 오스트레일리아를 일주하다가 우연히 들른 섬이었다. 그리 큰 섬은 아니었다. 선착장 부근에 작은 쇼핑몰이 있고, 식당과 잡화점이 몇 개 붙어 있었다. 선착장까지 걸어서 갈 수 있는 거리에 숙소를 잡고, 마을을 배회해봤지만 여행자는 별로 보이지 않았다. 전체적으로 썰렁했다. 며칠간 버스를 계속 갈아타면서도 물건을 사거나 숙소를 잡을 때 말고는 아무하고도 이야기를 나누지 못했다. 선착장 부근 식당에서 바비큐 샌드위치를 먹으면서 오후의 햇살에 어른어른 빛나는 바다를 바라보고, 앞으로 얼마나 더 사람들과 대화하지 않고 지내게 될까 같은 생각을 멍하니 하고 있었다.

그때 "일본인입니까?" 하고 마침 그곳을 지나가던 중년 남자가 서툰 일본어로 말을 걸어왔다. 열흘하고도 며칠 만에 듣는 일본어이자 정말 오랜만에 상대방이 내게 먼저 건네는 말이었다. 끊어질 듯 꼬리를 흔드는 개처럼 "그래요! 일본인이에요! 일본어를 할 줄 아시네요!" 하고 생글거리며 대답했다.

중년 남자는 동석해도 되겠느냐고 물어본 다음 내 맞은편에 앉았다. 이 사람이 바로 칼이다. 칼은 일본어를 할 줄 아는 게 아니었다. 나중에 알았는데, "일본인입니까?"라는 문장만 일본어로 외운 거였다.

칼은 그 섬 주민이었다. 원래는 시드니인지 멜버른인지에 살다가 갑자기 마음을 먹고 부인과 둘이서 이 섬으로 이사해 땅을 사서 집을 짓고 사는 모양이었다.

칼은 믿을 수 없을 만큼 친절했다. 식당 테라스에서 방금 만난 여행자에게 "우리 집에 방이 많아요. 당장 게스트하우스를 체크아웃하고 우리 집으로 와요" 하고 초대하질 않나, "내일 하루 이 섬을 안내해줄게요. 반대편에는 코알라 동물원이 있고, 호텔 수영장도 있어요" 하고 권하질 않나, "아내가 4시에 일을 마치니까 다 같이 밥 먹으러 가요. 맛있는 중화요릿집이 있어요" 하고 제안하질 않나, "이 섬은 밤이 또 멋져요. 별이 가장 잘 보이는 곳을 아니까 밥을 먹은 다음에 거기로 데려가줄게요" 하고 말을 꺼내질 않나, 대화에 굶주려 있던 나도 무심코 움찔 한 발 물러설 만큼 친절했다.

이 남자, 나쁜 사람일지도 몰라. 나는 가만히 생각했다. 여기저기 데려간 뒤에 가이드 비용을 내놓으라고 하지 않을까? (동남아시아에서는 이런 수법을 많이 쓴다.) 아내가 있다는 말은 거짓이고, 별이 보이는 곳에서 나를 유괴하거나 팔아넘기는 거 아닐까? 내가 경계한다는 걸 알아차렸는지, 칼이 "나는 수상한 사람이 아니에요" 하고 말했다. 곧이어 매우 점잖게 "일본인을 정말 좋아해요" 하고 덧붙였다.

그의 말에 따르면 일본인은 예의 바르고, 온화하고, 친절하고, 머리가 좋다. 이곳을 찾은 일본인 여행자를 보면 거의 대부분 말을 걸고, 여기저기 안내해준다. 일본인과 이야기를 나누는 것이 즐겁다. 일본인은 폐를 끼치지 않기 때문에 금방 친구가 된다.

그런 말을 들으면서도 나는 여전히 경계를 풀지 못했다. 그런데 4시가 지나 선착장 편의점에서 일한다는 그의 아내가 진짜로 왔다. 동그랗게 살이 찐 그의 아내 에리가 그와 마찬가지로 붙임성 있게 우리 집에서 지내라고, 저녁을 같이 먹자고, 내일 나는 일이 있지만 칼에게 이 섬을 안내해달라고 하라고, 그렇게 권했다. 아무래도 이들 부부는 단순히 일본인 여행자를 좋아하고, 혼자 여행하는 일본인을 보면 친절을 베풀지 않고는 못 배기는 모양이었다.

며칠씩 말도 하지 않고 버스를 갈아탔던 내게 그들의 끈질긴 친절은 정말 감사한 일이었다. 권하는 대로 중화요릿집에서 저녁을 먹고, 바에서 가볍게 한잔하고 (두 곳 다 부부가 사줬다) 그들의 집을 방문했다.

1층짜리 넓은 독채였다. 칼이 몇 년이나 걸려 꾸준히 지었다고 했다. 거실과 응접실을 안내한 다음 '지금 추가로 짓는 중'인 집도 보여줬다. 방은 거의 완성됐고, 구석구석 일본을 좋아하는 기운이 작열하는 물건이 진열돼 있었다. 부채와 일본 종이가 벽에 붙어 있고, 방석 스타일 쿠션과 일본 인형이 장식돼 있었다. 일본풍 소품 대부분은 나처럼 부부에게 도움을 받은 일본인 여행자들이 귀국 후에 답례로 보내준 것 같았다.

"언젠가 이 방을 게스트하우스로 만들어서, 일본인 여행자에게 빌려줄 거예요." 칼이 즐겁게 말했다.

칼의 조용한 거실에서 위스키를 마시며 우리는 끝도 없이 이야기를 나눴다. 부부는 오스트레일리아 사람이 아니라 유럽 출신으로, 스무 살쯤 만나 결혼하고, 마흔쯤에 함께 고향을 떠나 개명하고 오스트레일리아로 이주했다고 했다. 에리가 오래된 앨범을 몇 권이나 꺼내 와 보여줬다. 석양에 물든 풍경을 배경으로 숱 많은 칼과 날씬한 에리가 찍혀 있었다. 그들이 처음 산 집, 처음 산 차, 크리스마스, 생일 파티, 그들의 가족…… 유럽의 낯선 마을을 배경으로 부부의 평범한 역사가 찍혀 있었다. 역사는 유유히 현재로 이어져, 유럽 마을은 햇살 강한 이 섬이 됐다. 아직 빈터였을 때부터 집이 서서히 지어지는 과정이 찍혀 있었다.

앨범을 다 보고 슬슬 게스트하우스로 돌아가려고 생각한 순간, 칼이 새 앨범을 꺼내 왔다.

"이건 이 섬에서 만난 일본인 여행자들이에요."

무심코 첫 페이지를 펼치니 해안에서 웃고 있는 검은 머리의 여자아이 사진이 나왔다. 스무 살쯤 됐을까.

"내가 처음 만난 일본인. 그 전에는 일본 사람과 만난 적도 없었어요. 오키나와 출신이라고 했죠. 해안에서 이 사람을 처음 봤을 때는 정말 깜짝 놀랐어요. 이렇게 아름다운 여성이 이 세상에 있다니 하고."

칼이 싱글거리며 말했다. 사진 속 여자애가 특별히 아름답지는 않았다. 흔히 있는 일이다. 나도 타이의 인도인 거리에 처음 갔을 때 사리 차림 여성이 모두 절세미녀로 보여서 어찔어찔했다.

오키나와 여자애 사진이 몇 장 이어지더니 다른 일본 여성이 나왔다. 오키나와 소녀보다 조금 더 어른스러운 느낌이었다.

"도쿄에서 왔다고 했던가? 일주일 내내 우리 집에서 지냈죠. 돌아갈 때는 좀 더 있고 싶다면서 울었어요. 하지만 휴가를 그 이상 쓸 수 없는 모양이었어요."

도쿄의 방문객이 끝나자 또 다른 일본인 여성이 나왔다. 앞선 두 사람보다 더 어른이었다.

"이 사람은 사이타마 사람이에요. 역시 여기서 지냈죠. 나흘 예정이었는데, 결국 한 달을 머물렀어요. 이 섬과 이 집이 너무나 마음 편하다면서요."

그 뒤에 또 다른 일본인 여성이 나왔다. 으음. 이렇게까지 일본 여자가 계속해서 이어지자 어쩐지 오히려 부자연스러웠다. 게다가 이렇게 일본 여자가 차례차례 집에서 지내는 걸 아내 에리는 어떻게 생각할까?

"왜 일본 남자 여행자 사진은 없어요?"

에리에게 물었다. 그러자 그가 매우 진지하게 대답했다.

"일본 남자는 본 적이 없어요. 왠지 모르지만, 이 섬에 오는 여행자는 여자뿐이에요."

"한 번 만난 적이 있긴 해요. 그렇지만 내가 말을 거는데 무시하더라고요."

"그래, 맞아. 어쨌든 이 섬을 여행하는 일본 남자는 드물어요."

"이 여자는 아까 그 여자의 친구예요. 이 섬에 이런 부부가 있으니까 만나러 가라는 말을 들었대요……." 칼이 앨범을 넘기며 이야기를 이어나갔다.

"그나저나 일본 여자는 어쩜 이렇게 다 아름다울까. 게다가 다들 착하고, 놀라울 정도로 배려심이 깊어요." 그뿐 아니라 "유럽이나 미국인 아기는 전혀 귀엽지 않은데, 일본 아기는 천사처럼 귀여워요"라는 말까지 했다.

칼이 앨범 보는 데 정신이 팔려서 무심코 그렇게 말하는 사이, 나는 살그머니 에리를 봤다. 남편이 이런 식으로 다른 나라 여자들을 칭찬하면 기분이 어떨까? 괜한 걱정일지 모르지만 마음이 쓰였다. 하지만 에리는 전혀 동요하지 않았다.

"정말이지, 당신은 일본 여자와 결혼했더라면 좋았을 텐데." 진지한 얼굴로 중얼거렸다. 그러고 나서 문득 얼굴을 들고 나와 눈을 맞추며 "진심이에요. 이 사람이 일본 여자와 결혼했더라면 얼마나 좋았을까요" 했다.

진심이었다. 빈정거리거나 비아냥거리는 게 아니라 담담

한 어조였다. 그래서 생각했다. 아아, 이 부부는 정말로 사이가 좋구나. 정말 오래 함께 있었기 때문에 두 사람 사이에는 사소한 질투도 시샘도 없구나. 칼이 아무리 일본인을 찬사해도 두 사람 관계가 흔들리는 일은 없겠구나. 나는 완전히 애송이였다. 한참 뒤에야 이 사실을 깨달았지만, 이때는 어쨌든 두 사람 관계에 감동까지 했다.

일주일 정도 이 섬에 머물렀다. 숙박비가 아깝다며 당장 게스트하우스에서 나와서 자신들의 집에 머물라는 부부의 계속된 권유를 사양하고, 줄곧 게스트하우스에서 지냈다. 하지만 부부는 거의 매일 나를 챙겨줬다. 에리는 낮에 일하기 때문에 칼이 게스트하우스까지 나를 데리러 온다. 에리는 일이 끝나는 4시에 시간을 맞춰 합류한다. 두 사람은 섬의 관광 명소, 호텔 수영장에 나를 데려갔다. 저녁이 되면 펍에 데려가고, 밤에는 별이 총총 뜬 하늘을 보여줬다. 게다가 식사와 맥주 값을 거의 다 내줬다. 나는 그 열대의 섬에서 아무 걱정 없이 열심히 노는, 여름방학을 맞은 아이처럼 지냈다. 섬을 떠날 때 즈음에는 그들에게 진심으로 감사했다. 수상한 사람일지도 모른다고 처음에 살짝 의심한 것에도 큰 죄책감을 느꼈다.

오스트레일리아에서 귀국하자마자 부부에게 감사 편지를 썼다. 답장이 왔다. 그런 식으로 얼마간 편지를 주고받았다. 처음에는 칼과 에리 두 사람이 썼는데, 차츰 에리의 이야기가 사라졌다. 에리라는 서명은 있지만 아무리 봐도 칼의 필적이었다. 무슨 일인지 궁금해하던 차에 칼이 집으로 전화를 했다. 국제전화인가 했는데, 지금 이케부쿠로에 있다고 했다. 이케부쿠로?

칼이 만날 수 없겠느냐고 물었다. "물론 만날 수 있어요. 만나요." 대답하면서 뭔가 일이 이상하게 돌아간다고 느꼈다.

역시나 일이 이상하게 돌아가고 있었다. 이케부쿠로의 카페에서 만난 칼은 매우 지쳐 있었다. "에리 씨랑 관광 왔어요?"라는 내 질문에도 짐짓 시치미를 뗐다.

어떤 여자를 쫓아왔다고 칼이 말했다. 몇 달 전, 평소처럼 그 섬을 혼자 여행하는 일본 여자를 만나 이야기를 나누고, 여기저기 안내하고, 집에 초대했다. 여자는 집을 마음에 들어해 한 달 정도 머물렀다. 평소와 완전히 똑같은 패턴이었지만, 그때 공교롭게도 아내가 집에 없었다. 에리는 어머니가 아파서 유럽의 친정으로 돌아가 있었다. 아내가 집에 없는 한 달 동안, 칼과 여자 둘이서 한집에 살았다. 처음에는 물론 아무런 속셈도 없었지만, 어느 순간 갑자기 연애가 시작돼버렸다. 여자가 귀국하기 직전에는 결혼 약속까지 했다. 그런데 귀국한 여자에게서 아무런 소식도 없었다. 이쪽에서 연락해도 닿지 않았다. 직장에 연락하면 없다고 하고, 집에 전화하면 어머니가 받아서 통화하기 곤란하다고 했다. 그래서 직접 일본에 온 것이었다. 칼은 그렇게 말했다.

큰일이네, 이야기를 들으며 생각했다. 전혀 의외인 듯, 아니 이렇게 될 줄 오래전에 알았던 듯……. 그래서? 일단 다음 이야기를 재촉했다.

그 사람이 나를 계속 피하고 있어. 회사에 가도 만나주지 않아. 딱 한 번 만나줬는데, 고작 몇 분이었어. 계속 내 얼굴을 피하면서 곤란하다고만 했어. 나는 그녀와 온천도 가고 교토도 가고 싶었는데, 무리인 모양이야. 나는 진심으로 결혼 약속을 했는데, 그 사람은 휴가를 와서 기분 낸 것에 지나지 않았나 봐…….

이렇게 풀 죽어 말했다. 내가 자기 이야기를 믿지 않는다고 생각했는지, 둘이서 정말 사랑했다는 '증거 사진'까지 보여줬다. 으윽.

"칼, 아사쿠사 알아? 아사쿠사에 가자. 기모노도 팔고, 오미쿠지(길흉을 점치는 제비뽑기)도 할 수 있어."

칼의 사랑을 어떻게 해줄 수 없는 나는 그렇게 말하고, 일단 그를 이케부쿠로의 카페에서 데리고 나왔다. 센소지浅草寺 참배 길을 나란히 걷다가 문득 그 조용한 거실에서 본 낡은 사진 몇 장을 떠올렸다. 머리카락이 풍성한 칼, 날씬한 에리. 아직 일본이라는 나라도 일본인이라는 인종도 모르는, 젊고 희망에 찬 부부.

그 뒤로 편지는 더 이상 오지 않았다. 칼의 사랑이 어떻게 됐는지, 부부가 어떻게 됐는지, 나는 아무것도 모른다. 이따금 섬에서 지낸 나날을 떠올린다. 자신의 이성 취향을 알아버린 남편과, 그런 남편을 완벽하게 관망했던 아내. 둘의 관계가 확고하다고 감동했던 멍청한 나는 그 나날 속에서 선크림도 바르지 않아 새카맣게 탄 채 두 사람의 수양딸처럼 천진하게 노는 데 정신이 팔려 있었다.

여행에도 나이가 있다
라오스

여행을 좋아하는 사람에게는 대체로 독자적인 여행 스타일이 있다. 호텔은 삼성급 이상에서만 묵는다든가, 무슨 일이 있어도 자유여행이라든가, 귀찮으니까 여행지에서 이동하지 않는다든가.

이런 여행 스타일 중 하나로 '가난뱅이 백패커'라는 것이 있다.

화려하다고는 도저히 말하기 어려운 차림새로 먼지투성이 데이팩(당일치기 여행에 주로 사용하는 작은 배낭)을 메고, 싸구려 숙소를 전전하고, 이동할 때는 빠르기보다는 저렴함을 먼저 생각하고, 기를 쓰고 그 나라에 오래 머무르려 한다. 선크림 따위는 갖고 있지 않아 샌들 신은 발을 시커멓게 그을리기 일쑤고, 아무래도 고급 레스토랑이나 브랜드 상점과는 거리가 먼 모습이다. 여행을 하다가 퍼뜩 정신을 차리고 보면 내 주위에는 성별, 국적을 불문하고 죄다 그런 사람들뿐이다. 어째서? 왜 이런 사람들만 다가오는 거지?

나는 자신을 가난뱅이 백패커라고 생각해본 적이 한 번도 없다. '나는 가난뱅이 백패커하고는 달라. 2년이고 3년이고 고향에 돌아가지 않는 떠돌이 방랑객도 아니고, 숙소도 도미토리 같은 데는 사양이라고. 방은 3천 엔 급이 아니면 있을 마음이 들지 않고, 절약 같은 서글픈 일도 하지 않고, 맥주도 와인도 소주도 마시고 싶은 만큼 마시는걸! 이런 부유한 여행자는 백패커라고 하지 않잖아!' 하고 머릿속에서 엄청 쩨쩨하게 따져가며 구분 지어놨지만, 가게 쇼윈도에 비치는 나는 주위의 가난뱅이 백퍼커와 전혀 다르지 않은 차림새를 하고 있다. 꾀죄죄한 티셔츠, 현지에서 조달한 싸구려 스커트, 세월이 느껴지는 (살짝 더럽다고도 할 수 있는) 데이팩, 까맣게 탄 피부와 샌들. 영락없는 가난뱅이 백패커다. 그리고 '3천 엔급'이라고 내가 콧구멍을 벌름거리며 자랑하는 숙소를 세상은 보통 싸구려 여인숙이라고 부른다.

척 보기에도 가난한 백패커가 다가올 때마다 '어째서 이렇게 궁상맞은 사람하고만 아는 사이가 되는 거지?' 하고 생각했는데, 그들은 비슷하게 궁상맞은 여자에게 접근했을 뿐인 것이다.

그러나 뭔가 뜻이 있어서 이런 여행 스타일을 확립했느냐 하면 전혀 아니다. '이건 안 돼', '저건 무리야' 하면서 할 수 없는 일을 제외한 결과, 이렇게밖에 될 수 없었을 뿐이다. 말하자면 초소극적인 스타일이다.

여행에 매력을 느낀 것은 20대 초반이었다. 소설은 이미 쓰고 있었지만, 의뢰 받는 일이 너무 적었다. 시간은 있는데 돈은 없는 매우 일반적인 젊은이의 상황. 그래서 필연적으로 싸게 먹히는 여행을 하게 됐다. 싸구려 숙소에 묵고, 시간이 좀 더 걸리더라도 돈이 적게 드는 교통수단을 이용하고, 레스토랑보다 값싼 노점에서 밥을 먹는다. 체재 시간에 비례해 이동 거리가 늘어나기 때문에 캐리어가 아니라 데이팩을 택한다. 짐은 최대한 적게 가져간다. 옷은 현지 조달. 데이팩도, 몸에 걸치는 옷도, 나 자신도 자연스레 더러워진다. 브랜드 상점에 가고 싶지만, 어쩐지 개처럼 쫓겨날 것 같아 가까이 갈 수가 없다.

20대 내내 이런 여행 스타일을 고수하면서 그 모든 것이 뼛속들이 배고 말았다. 20대 초반에 비하면 일도 늘었고, 싼 숙소, 싼 밥, 싼 이동수단에 눈빛을 번득이지 않아도 된다. 하지만 몸에 배어버린 건 좀처럼 떨쳐내지 못하는 법이다. 도쿄보다 택시비가 몇 배나 싼데도 택시를 탄다는 생각만 해도 온몸이 거부해 결국 사람들이 빽빽하게 들어찬 버스에 몸을 싣고 만다. 별 달린 호텔에 묵을까 하다가도 머릿속 어딘가에서 누군가가 '싼 데 묵으면 그만큼 먹고 마실 수 있잖아' 하고 속삭인다. 비행기로 가면 빠른 줄 알면서도 버스라면 비용이 그 10분의 1, 게다가 열 배나 좋은 경치를 볼 수 있다고 스스로를 설득한다. 이런 걸 가난뱅이 근성이라고 하는 걸까.

변함없이 그런 식으로 여행하다가 고개를 갸웃한 적이 있다. '흠, 너무 따분한데' 하고 한창 여행 중에 생각한 것이다. 그때 나는 서른셋, 라오스에 있었다.

예의 가난뱅이 근성으로, 라오스로 곧장 날아가는 것보다 싸다며 먼저 타이로 들어갔다가 방콕에서 북부 농카이까지 장거리 버스를 타고 가서 직접 라오스 입국 비자를 받아 라오스 수도 비엔티안행 합승 트럭을 찾아서 탔다.

비엔티안은 내가 지금까지 본 수도 중에서 '수도'라는 말이 가장 어울리지 않는, 아담한 곳이었다. 동남아시아 어디에나 있는 호객꾼이 한 명도 없고 도시 중심에서 트럭에서 내렸는데도 주위가 고요했다. 큰길만 포장돼 있고 나머지는 모두 붉은 흙이 그대로 드러난 비포장길이었다. 오가는 차도 없고, 오토바이 떼도 자전거도 없고, 그저 조용했다.

내가 비엔티안에 들어간 날, 때마침 축제가 열리고 있었다. 도시 한구석에서 흐르는 메콩강을 따라 노점이 줄줄이 서 있고, 인파도 엄청났다. 하지만 어쩐지 조용했다.

훗날 알게 된 건데, 라오스 사람은 다들 상당히 조용하고 부끄러움을 잘 탄다. 일본의 국민성과 매우 비슷하다. 뭘 물어보면 친절하게 가르쳐주지만 먼저 말을 거는 일은 전혀 없다. 이웃 나라 타이 사람들은 눈이 마주치면 꼭 씨익 웃는데, 라오스에서는 모두 후다닥 눈길을 피한다.

그래서 축제도 일본의 엔니치(특정 신이나 부처와 관련된 사건이 있던 날로, 축제가 열리고 노점이 선다)와 참 비슷했다. 북적거리기는 하지만 소란스럽지는 않다. 튀어나오는 느낌이 없다. 줄줄이 이어진 노점들, 과녁 놀이나 뽑기에 떼 지어 있는 아이들, 끼리끼리 뭉쳐서 천천히 걷는 젊은이들. 그 틈에 섞여 걷는 일본 여자가 이국인이라는 걸 한눈에 알아보고, 그 이국인이 닭 꼬치를 사 먹고 과녁을 바라보는 것이 신기해 흘깃흘깃 시선을 보내지만, 눈이 마주치면 쓱 피하고 옆으로 비킨다.

그런데 여느 때처럼 싸구려 숙소를 잡고, 노점에서 밥을 먹고, 연일 계속되는 축제와 한 시간이면 구석구석까지 다 볼 수 있는 중심가를 매일 둘러보던 와중에 갑자기 '너무 따분하네' 하는 생각이 들었다. 그 원인을 찾아봤지만 딱히 짐작 가는 것은 없었다. 뭘 보겠다거나 어디를 가겠다든가 하는 목적이 전혀 없어서 시간이 차고 넘치게 남아도는 것은 여느 여행과 마찬가지여서 익숙했다. 그렇다면 따분한 까닭은 여기서 친구를 만들지 못했기 때문일까? 도시가 너무 작기 때문일까?

원인을 알 수 없는 '따분함'을 해소하기 위해 나는 비엔티안을 빠져나와 옛 도시 루앙프라방으로 갔다. 그런데 루앙프라방은 한층 더 고요한 작은 도시로 여행자는커녕 길 가는 사람도 잘 볼 수 없었다. 따분함은 점점 더 커졌다. 이 여행이 따분한 채로 끝나게 둘까 보냐. 초조해진 나는 어쨌든 마을 구석구석까지 걸어 다녔다. 지리를 익히고, 주기적으로 같은 가게에 가서 차를 마시고, 식사를 하고, 가게 사람이나 단골과 이야기를 나누고, 인사나 음식 이름 등 라오어를 익히고, 눈길을 피하는 부끄럼쟁이 라오스 사람들과 억지로 눈을 맞추며 말을 나누고 한밤중까지 숙소 로비에서 스태프와 텔레비전을 보고……. 나는 그때까지 여행하면서 터득한 '여행지에 친숙해지는 방법'을 총동원했다. 지금까지는 이렇게 하면 빠르면 사흘 만에 반드시 여행지가 친밀하게 느껴지고 '따분함'이 사라졌다. 그러나 어쩐 일인지 도시가 멀게 느껴지고 나를 뒤덮은 따분한 기분이 도무지 사라지지 않았다.

때마침 그때 내가 묵던 싸구려 숙소에 일본인 여행자 두 명이 찾아왔다. 각각 스물둘, 스물세 살의 남자와 여자였다. 만성적인 지루함과 고독을 느끼던 나는 뛸 듯이 기뻐 저녁 무렵 두 사람에게 가까운 식당에 가자고 제안했다. 그런데 그들은 식당에 가지 말고 노점에서 뭘 좀 사 와서 숙소에서 먹자고 했다. 이야기를 나눌 수만 있다면 뭐든 좋았던 나는 그들과 함께 노점 거리로 가서 맥주, 닭 꼬치, 파파야 샐러드, 그리고 정체를 알 수 없는 뭔가를 사서 테이크아웃용 비닐봉투에 담아달라고 했다. 그들은 정다운 커플답게 이러쿵저러쿵 말다툼하며 30분 넘게 걸려 몇 가지를 샀다.

숙소로 돌아와, 허물어져가는 베란다에 촛불을 켜놓고 달려드는 벌레를 쫓으며 각자 사 온 음식을 펼쳐놓고, 셋이서 식사를 했다. 그들은 숙소 스태프에게 밥그릇을 빌려 와 로비에 비치돼 있는 연한 차를 따라 홀짝홀짝 마셨다. 맥주는 안 마셔? 물어보니 비싸서 못 마신다는 솔직한 대답. 내 맥주를 나눠주겠다고 했지만, 괜찮다며 차를 마셨다. 왜 식당이 아니라 이렇게 더럽고 컴컴하고 천지에 벌레가 있는 베란다에서 밥을 먹자고 말했을까 의아해하면서, 그래도 생글거리며 맥주를 마시고 사 온 음식을 먹었다.

두 사람은 사이가 정말 좋았다. 지금까지 지나온 마을이나 만난 여행자에 대해 번갈아가며 이야기해줬다. 나는 두 사람이 여행자 커플이라고 확신하고 있었다. “만난 지 얼마나 됐어?” 그러자 두 사람은 곤란한 듯 부끄러운 듯 아무 말도 하지 않고 오묘한 표정으로 얼굴을 마주 봤다. 연인이 아니었던 것이다. 각자 혼자 여행하다가 타이인가 미얀마인가에서 만나 의기투합해 함께 여행하는 모양이었다.

“이 사람은 일본에 애인이 있어요.” 여자가 남자를 가리키며 말했다. "뭐야, 너도 있잖아." 남자가 덧붙였다.

"그런데 들어보니까 너무해요. 애인한테 연락도 전혀 안 해주고, 그렇게 벌써 몇 달째라고?"

"그런 게 뭐가 중요해. 그러는 너도……."

"나는 여행 전에 이미 끝난 거나 마찬가지인 상태였다고. 말했잖아."

이렇게 정답게 투덕거리자, 두 사람이 처한 사정 같은 게 차츰 이해되기 시작했다. 그리고 나는 생각하고 말았다. '아아, 따분해.' 그들의 정다운 언쟁이 자연스럽게 시시덕거림으로 변하기 시작한 것을 계기로, 나는 미련 없이 그 자리에서 물러나 근처 식당에 맥주를 마시러 갔다.

마을은 친밀해지지 않고, 따분함은 가시지 않고, 새로 만난 일본인 여행자는 그저 그랬다. 나는 도망치듯 타이 국경과 인접한 북부 마을 후안사이로 향했다. 루앙프라방 인근 마을에서 스피드 보트를 타고 여섯 시간 정도 강을 거슬러 올라가면 후안사이에 도착한다. 물보라를 일으키며 나아가는 기다란 보트에 흔들리면서 마을에 머무는 동안 느낀 '따분함'과 커플에게서 느낀 '따분함'이 아주 많이 비슷하다는 사실을 깨달았다. 그제야 알았다. 이제까지의 여행 방식이 내게 더 이상 맞지 않는다는 것을.

여행지에서 만나 함께 다니기 시작한 남자와 여자, 그들은 나이에 맞는 여행을 하고 있었다. 낯선 음식들이 즐비한 노점에서 먹을거리를 고르고 골라 값을 치르고, 촛불 아래에서 그 음식을 먹고, 값싼 방을 함께 쓰며 돈을 아끼고, 예정에 없던 사랑을 하고, 사랑하면서 먼지 풀풀 날리는 흙길을 걷고, 그러면서 아득히 먼 일본을, 거기 있는 따분한 연인을 생각하는 것……, 이 모두가 그들 나이이기에 어울리는 것이다. 두 사람은 아무것도 없는 라오스의 마을이 친밀하게 느껴지지 않는다고는 손톱만큼도 생각하지 않을 것이다. 나도 한때는 그런 여행을 했다. 그런 식으로 세계를 봤다. 만약 내가 그들 또래였다면 나무가 썩어 들어간 베란다에서의 식사에 좀 더 흥분했으리라. 즉흥적으로 이루어지는 그들의 사랑에 푹 빠져 귀를 기울였으리라. 그들의 사랑을 따분하다고 생각하고, 아무것도 없어서 친밀해지지 않는 마을을 따분하다고 생각하는 나는 그만큼 나이를 먹은 것이다. 데이팩을 멘 그들과 겉모습은 똑같을지언정 나는 그들과 꽤나 다를 수밖에 없다. 이제 슬슬 20대의 여행 방식에서 벗어나야 할지도 모르겠다. 그런 생각이 들었다.

친구를 만나거나, 연애를 시작하거나, 일하는 방식에서도 '어쩐지 이제까지의 방법론이 통하지 않는 것 같아'라는 깨달음이 올 때가 있다. 예를 들어 나와 동갑인 친구 A는 술에 취해 함께 자고 나서 연애를 시작하는 게 특기로 별로 어려운 일도 아니었는데, 어느 순간부터 그 성공률이 확 떨어졌다. 친구는 '내가 매력이 없어졌나' 하고 고민했지만, 그게 아니라 사실은 20대에나 어울리는 특기였을 뿐이다. 30대 중반을 넘어가고 보면, 상대에게 공포심만 줄 뿐 연애의 시작으로 이어질 수 없다.

여행에도 나이가 있다. 그 나이에 어울리는 여행이 있고, 그 나이에만 할 수 있는 여행이 있다. 이 사실을 깨닫지 못하면 어쩐지 거리감 느껴지는 여행밖에 할 수 없다. 여행이 따분하거나 지겹다는 생각이 든다면 그것은 여행하는 방법과 나이가 맞지 않아서다.

여전히 데이팩을 메고 떠나기는 하지만, "택시 타도 괜찮아. 별 달린 호텔에서 자도 괜찮아. 무릎에 냅킨을 펴고 레스토랑에서 식사해도 괜찮아. 원한다면 브랜드 상점에 들어간들 아무도 뭐라 하지 않아"라고, 몸에 밴 가난뱅이 근성을 열심히 떨쳐내고 있다. 나이를 먹어가는 방식과 최대한 즐길 수 있는 여행 방식을 '목하 조정 중'이라고나 할까.

지긋지긋할 정도로 걸쟁이랍니다

이탈리아

꽤 오래전부터 이탈리아에 가고 싶었다. 솔직히 말하면 1997년부터 줄곧 가고 싶었다.

1997년에 왜 이탈리아에 가고 싶었냐 하면, 그해 발행한 어떤 잡지를 우연히 봤기 때문이었다. 그 잡지에 소개된 이탈리아의 어느 박물관에 단숨에 사로잡혀, 어떻게든 두 눈으로 직접 보고 싶었다.

그런데 좀처럼 갈 수가 없었다. 박물관 단 한 곳은 여행 동기로 너무 약하다. 축구에도 미술관에도 르네상스에도 이탈리아 음식에도 흥미 없는 경우, '그래도 그 박물관이 있어'라며 움직이게 되지는 않는 법이다. 그래서 6년 동안 여행할 기회가 생겨도 모두 이탈리아가 아닌 곳으로 갔다. 6년째가 됐을 때

'언젠가 그 박물관을 볼 거야' 하고 생각하는 데 지쳐서 드디어 이탈리아행을 결행했다.

결행하기로 하고 결행하긴 했지만 그 과정에서 나는 스스로가 정말 지긋지긋해졌다. 간단히 말하자면 자기혐오. 할 수만 있다면 내가 아닌 다른 누군가가 돼서 살고 싶다고, 어린애처럼 간절하게 빌었다.

오랜 꿈이었던 박물관, 혹은 이탈리아를 떼어놓고 생각해도, 새삼 말할 필요도 없이 나는 여행을 좋아한다. 여행한 나라만 26개국이다. 그중 뉴욕과 하와이는 미국 한 나라로 치고, 또 같은 나라에 몇 번씩 간 적도 있으니, 여행한 횟수로 치면 더 많다. 서른 몇 번쯤 되지 않을까.

이~렇게나 여행을 많이 했다고요~ 하고 자랑하는 게 아니다. 그저 단순히 몇 번 갔느냐 하는 이야기다.

서른 몇 번이 많은가 적은가 따지면 많다. 할 수 없었던 걸 할 수 있게 될 정도의 횟수라고 생각한다.

이를테면 아무리 요리를 못하는 사람도 서른 번 닭고기 채소 조림을 만들면 서른한 번째는 요리책을 보지 않고도 그럭저럭 맛이 괜찮은 닭고기 채소 조림을 만들 수 있을 것이다. 그뿐 아니라 우엉을 먼저 손질해 떫은맛을 빼둔다거나, 재료가 익을 동안 조리 기구를 설거지해두는 등 요령도 는다. 아무리 수영을 못하는 사람도 서른 번 풀에 빠지면 서른한 번째는 엉터리로라도 자유형 정도는 할 수 있게 될 것이다. 운동신경이 있다면 평영과 자유형 두 가지를 마스터할 수 있을지도 모른다. 고급 요릿집도 처음 가면 갈팡질팡하지만 서른 번 다니면 흔한 식당과 다를 바 없을 테고, 같은 영화를 서른 번 보면 거의 모든 대사를 외워버리지 않을까.

서른 번이란 그런 의미인 것이다.

그런데 나는 서른 몇 번이나 여행을 다녔으면서도 익숙해지지가 않는다. 아무리 해도 안 된다. 얼마나 변함이 없는지 매번 놀라고 만다. 닭고기 채소 조림, 자유형 같은 대부분의 일은 남들만큼 해낼 수 있는데 말이다.

여행에 익숙해지지 않는다는 게 무슨 말인가 하면, 나는 여행이 무섭다. 이국이 무섭다.

매번 겪는 일이지만, 이탈리아에 가기 전에도 이 마음이 슬그머니 고개를 들었다. '정말 괜찮을까…….' 불안에 짓눌릴 것만 같았다. 불안을 떨치기 위해 가이드북을 사러 갔다. 가이드북에 실린 풍경 사진 같은 걸 보고 조금이라도 기분을 북돋우고자 한 것이다. 하지만 집에 돌아오자마자 가이드북에서 '범죄 수법'이 소개된 페이지를 찾아 열심히 읽고 말았다. '이렇게 위험한 도시에 정말 진짜 가도 될까?' 하고 깜짝 놀랐다. 이 가이드북은 나처럼 여행에 익숙하지 않은 인간이 공포에 휩싸였을 때를 대비해서인지 '범죄 수법' 앞부분에 이런 단서를 달아놨다.

“어려움을 겪은 분 모두 또다시 이탈리아를 여행하고 싶다고 말합니다. 어려움 따위에 지지 않는 매력이 이 이탈리아에 있기 때문입니다.”

나는 말을 잃었다. 범죄에까지 휘말렸는데 또다시 가고 싶어 한다니, 이 얼마나 배짱 두둑하고 용감한 사람들인가. 혹시 이탈리아를 여행하는 일본인은 모두 평균 이상으로 야무지고 강건한 것 아닐까. 게다가 범죄 설명 분량이 다른 나라보다 월등히 많다.

무섭다. 오소소 소름이 돋을 만큼 등줄기가 서늘해진다.

나는 침울한 마음으로 친구나 아는 사람에게 모조리 연락해 이탈리아에 가봤느냐고 물었다. 그렇다고 대답한 사람에게는 얼마나 위험한 곳인지 물었다. “뭐라고?” 이탈리아에 가본 사람 대부분 잘 모르겠다는 반응이었다.

“그렇게 위험한 데가 아닌데……. 물건은 훔쳐도 목숨은 빼앗지 않기로 유명하다고. 유럽 중에서는 안전한 편이야.”

이쪽이야말로 “뭐라고?”다. 물건은 훔쳐도 목숨은 빼앗지 않는다니, 그런 엄청난 일을 어떻게 아무렇지 않게 말할 수 있지? 오히려 더 불안해지잖아.

꼭 이탈리아라서가 아니라, 나는 매번 이런 절차를 거친 뒤에야 여행을 떠난다. 출발 바로 전날에는 더 이상 기력도 체

력도 남아 있지 않을 지경이다.

친구에게 이런 이야기를 하면 친구는 "그럼 안 가면 되잖아"라고 한다. 사실은 나도 그렇게 생각한다. 하지만 그건 내게 여행 한번 포기하고 마는 것 이상의 의미다. 근거 없는 공포 혹은 불안에 휩싸여 꼭 가고 싶은 곳에 가지 않고, 꼭 보고 싶은 것을 보지 않는다면 삶의 일부를 하나씩 포기해가는 것과 마찬가지다. 유난스러운 것 같지만 사실이다. 이탈리아 박물관에 가고 싶으면서 가지 않는 것과 배가 고파 먹을거리를 사러 가고 싶은데 집을 나서지 않는 것은 내게 똑같은 의미다. 어쩐지 무섭다고 이탈리아 여행을 포기해버리면, 나는 곧장 그대로 집에 틀어박혀 밖에 나가지 않을 것이다.

그걸 알기에 스스로를 북돋아서 기어이 집을 나서는 것이다. 돈을 뜯길까 봐 공포에 떨면서도 번화가를 돌아다니는 중학생처럼.

게다가 이번에는 묘하게 반복되는 일이 있었다. 내가 여행 간다는 것을 안 친구, 지인의 90퍼센트가 "괜찮겠어? 무사히 돌아오라고"라고 했다. 다른 때는 일절 아무 소리 하지 않던 사람까지. 이것이 어떤 징조가 아니라면 대체 뭘까. 여러 사람에게 같은 소리를 들으니 엄청난 불행이 여행지에서 기다리고 있을 것 같은 불길한 예감이 들었다.

그런 까닭에 평소보다 세 배는 더 겁에 질려, 그래도 집에만 틀어박히지 않기 위해 나리타로 향했던 것이다.

경유지인 로마는 돌아보지 않고, 곧장 박물관이 있는 피렌체로 갔다. 밤에 도착했는데, 공포와 불안으로 막대기처럼 뻣뻣하게 굳어서 택시를 타고 호텔로 향했다.

그나저나 가이드북에 어떤 '범죄 수법'이 실려 있었는가 하면 신문이나 잡지 같은 것으로 손을 가리고 주머니에서 지갑을 훔친다. 케첩을 등에 묻혀 상대가 당황하는 사이 지갑을 훔친다. 남자 두 명이 둘러싸고 지갑을 훔친다. 남녀 여럿이 뒤섞여 야단법석을 떨다가 지갑을 훔친다. 미술관에서 그림을 감상하는 사람의 지갑을 훔친다. 전화카드를 빌려달라고 부탁해 지갑을 꺼내게 만든 다음 훔친다. 갖고 있는 돈을 확인한다면서 가짜 경찰이 접근해 훔친다. 분명 다들 목숨은 빼앗지 않고 훔치기만 한다.

알지 못하는 사이에 지갑만 빼 가면 그나마 낫다. 위협당하거나 둘러싸이거나 야단법석에 휘말리는 것은 끔찍하게 싫다. 경제적 피해에 정신적 피해까지 입는다. 어느 쪽이 더 싫으냐면, 여행할 때는 단연 정신적 피해 쪽이다. 여행을 좋아하는 사람으로서 여행 중에 상처 받는 건 좋아하는 남자에게 차이는 것보다 나쁘다.

그런 까닭에 피렌체에서 무사히 아침을 맞이한 나는 갖고 다닐 현금을 몸 여기저기에 나눠 넣었다. '되도록 내가 모르는 사이에 훔쳐가줘'용 지갑은 가방에, '알게 하는 것까지는 괜찮은데 다른 피해는 입히지 말아줘'용 현금은 엉덩이 주머니에, '이것만은 사수한다'용 현금은 목에 거는 이상하게 생긴 주머니에. 신발에도 넣을까 하다 말았다. 호텔 한구석에서 이런 짓을 하다니, 지금 생각하면 한심하지만 당시에는 사뭇 진지했다. 지금부터 가는 데는 온갖 폭력이 난무하는 소란스러운 곳, 악의 소굴, 무법지대, 친구 중 90퍼센트가 걱정했으니까……. 이렇게 생각했다.

피렌체는 계절에 비해 따뜻하고, 하늘도 구름 하나 없이 쾌청했다. 호텔을 나와 걷기 시작한 지 3분쯤 지났을 뿐인데 벌써 길을 헤매기 시작했다. 나는 치명적인 방향치다. 이럴 때 지도는 보지 않는 편이 좋다고, 존경하는 작가가 알려줬다. 지도가 있으니까 헤매는 거다. 지도가 없으면 헤맨다는 개념 자체가 생기지 않는다.

피렌체는 작은 도시로, 지도를 보지 않고 되는 대로 걸어도 표지판 역할을 해주는 건축물이 나온다. 그 유명한 벽돌색 돔형 지붕, 옥외 조각이 늘어선 광장, 어마어마하게 큰 교회 등과 마주친다. 때는 3월 하순, 온갖 나라가 휴가철인지, 유명한 광장이나 교회는 엄청난 관광 인파로 북적였다. 유럽, 미국, 아시아, 그 밖의 여러 나라에서 온 단체 관광객, 학생 여행자, 개인 여행자, 심지어 견학 온 것으로 보이는 초등학생들까지, 좁은 곳에서 밀치락달치락 복작거렸다. 나는 지금까지 이렇게 많은 다국적 관광객이 한자리에 모인 걸 본 적이 없다. 방콕도 뉴욕도 마라케시도 바르셀로나도 이렇게까지 많지는 않다.

인파를 헤치고 걸어가 낯선 길을 가로질러, 조금 전보다는 사람이 적은 광장을 걷다 퍼뜩 놀랐다. 거친 폭력의 현장은? 소란스러움은? 악의 소굴은, 무법지대는……?

사방이 평화로웠다. 관광객을 제외하고 생각하면, 오후 나절에 내가 사는 동네를 걷는 것과 전혀 다르지 않았다.

치안이 그리 좋지 않은 도시, 질이 나쁜 땅에 발을 들여놓으면 그 순간 바로 안다. 이상한 일에 휘말린다든가, 협박당한다든가, 그런 특별한 일이 없어도 그 공간을 접했을 때 '아, 어쩐지 이상한 느낌이 들어' 하고 바로 알 수 있다. 하지만 피렌체는 그런 느낌이 전혀 없다. 한 사람도 다니지 않는 어두컴컴한 길을 걸어도 위험한 느낌이 없다. 게다가 도시 사람들이 매우 밝고 친절했다.

이 도시가 얼마나 위험하냐고 물었을 때 "뭐라고?" 하고 되물었던 친구들의 맥 빠진 목소리가 귓가에 울렸다. 이곳을 아는 사람들에게는 아마 "후추(일본의 도시)에 좀 가고 싶은데 살해당하지는 않겠지?"라는 질문을 받은 것이나 매한가지 느낌이었을 것이다.

몇 시간 동안 도시를 걸어 다닌 나는 자신에게 정말 넌더리가 났다. 현금을 몸 여기저기에 나눠 넣은 자신이, 범죄 수법을 달달 외우고 있는 자신이, 매번 처음 여행하는 것처럼 긴장해서 안달복달하는 자신이, 야단스럽게 난리를 치면서 목적지로 향하는 자신이, 언제까지나 여행에 익숙해지지 못하는 자신이 정말 지긋지긋했다.

그리고 그날 저녁, 강변을 걷다가 끝도 없이 이어지는 강 건너 행렬을 발견했다. 축제처럼 떠들썩한 그 긴 행렬이 반전 시위 행진이라는 것을 알았을 때 비로소 친구, 지인이 한결같이 했던 말이 떠올랐다. "여행, 괜찮겠어?"라고 물은 것은 예감도 흉조도 뭣도 아니고, 이라크 전쟁을 두고 한 말이었다. 스스로 생각해도, 나란 여자는 참 딱할 정도로 멍청하다.

지도가 있으니까 헤매는 거다.
지도가 없으면 헤맨다는 개념 자체가
생기지 않는다.

'끝장을 보여주지' 박물관
이탈리아

계속해서 피렌체 여행 이야기.

그렇게까지 가고 싶었던 피렌체에 있는 박물관이란 그 유명한 '라 스페콜라'다.

피렌체에 도착하자마자 몸 곳곳에 현금을 나눠 넣고 가려고 했던 곳이 바로 여기다.

그런데 이때가 미국과 유럽 여러 나라의 관광 시즌 절정이었던 듯, 명소마다 깜짝 놀랄 정도로 관광객으로 흘러넘쳤다. 당연히 유명 미술관, 박물관은 장사진을 이뤘다. 그래서 나는 9시에 호텔을 나서자마자 라 스페콜라로 발걸음을 재촉했다. 어쨌든 해부학 관련 자연사 박물관은 세계적으로 그리 많지 않으니 한두 시간 줄 서는 것쯤은 각오했다.

그런데! 내가 갖고 간 가이드북에는 라 스페콜라가 없었다. 지도에도 없었다. 이런 실수를 저지르다니. 나는 여행안내센터로 뛰어들어가 라 스페콜라까지 가는 길이 정성스럽게 그려진 지도를 받았다.

그리고 방향치답게 오랫동안 헤맨 끝에 드디어, 결국, 마침내 1997년부터 꿈꿔온 박물관에 도착했다.

라 스페콜라 박물관은 어떤 곳일까?

이 박물관에는 17~18세기에 만들어진 동물, 물고기 박제를 비롯해서 역시 같은 시기에 제작되기 시작한 500개 이상의 인체 해부 모형이 보관돼 있다. 인체 모형은 팔다리 근육, 내장, 혀와 안구, 신경과 혈관 등 모든 부위를 세심하게 납세공으로 만들었다. 내장을 드러내고 누워 있는 소녀상과 임신부상, 전신의 피부가 벗겨진 남성상 등도 전시돼 있었다.

이것들은 17세기 메디치가의 비호 아래 제작, 수집됐다. 해부 모형은 18세기에 꾸려진 해부학 프로젝트 팀이 병원에서 가져온 시체를 의사의 지도 아래 해부한 다음 스케치하고, 본을 뜨고, 점토로 굳히고 납세공으로 완성했다.

길을 묻고 물어 고생 끝에 겨우 다다른 박물관은 대학 교사처럼 생긴 건물 꼭대기 층에 있었다. 역시 붐비는구나 싶었는데 자세히 보니 접수처 앞에 줄을 선 건 견학(이라고 해야 할까, 소풍이라고 해야 할까, 어쨌든 공부를 겸해) 온 초등학생들. 인솔 교사가 엄청나게 느릿느릿 아이들을 줄 세우고, 인원을 세고, 잔돈을 꺼내보고, 아이들에게 뭐라고 주의를 주면서 꾸물거릴 뿐 박물관 안으로 발을 들일 생각도 하지 않아, 앞질러서 먼저 갔다.

안에 들어가니 썰렁했다. 사람은 한 명도 없었다. 들어가자마자 진열장에 든 바다 생물(고둥, 산호, 그리고 정체를 알 수 없는 곤충 같은 생물)에 둘러싸였다. 교실만 한 방들이 저 앞까지 이어졌다. 나는 혼자서 멍하니 걸었다.

걸어도 걸어도 전시실이 계속 나왔다. 그런데 한 방에 박제가 엄청나게 많았다. 공간과 전시물의 비율이 이상했다. 뭔가 잘못됐다. 박제가 압도적으로 많아서 진열장 안이 말하자면 동물로 가득 찬 만원 전철 같았다. 곰이라면 곰으로 수 종류가 수십 개 있었다. 새도 방 세 칸을 차지했는데, 이 역시 조류 대패닉처럼 밀집됐다. 사람이 전혀 없는 곳에서 죽은 동물들의 대집합을 지그시 들여다볼 수 있는, 섬뜩하지만 어쩐지 황홀하기도 한, 다른 그 어디에서도 맛본 적 없는 감각이 느껴졌다.

이 동물들은 두 세기 전 것인 듯했다. 그러니까 200년 전에는 살아 있었던 것들. 200여 년의 세월을 사체로 지내는 건 어떤 느낌일까.

초등학생들이 견학하러 올 법한 학술적 의의가 있는 박물관임에는 틀림없지만, 그래도 어쩐지 격하게 과하다. 그리고 나는 과한 걸 보는 것을 정말 좋아한다.

예를 들자면 타이 방콕에 작고 평범한 해부학 박물관이 있다. 거기가 또 과격할 정도로 지나치다. 진열장에 죽 진열된 것은 탄환이 꿰뚫고 지나간 두개골. 탄환 자국이 있는 진짜 두개골이 엄청나게 많다. 그로테스크하다거나 악취미라거나 이러쿵저러쿵하기 이전에 거기에는 그저 고요한 과잉이 있다. 나는 그렇게 느꼈다. 고요한 과잉은 은밀하게 죽음의 냄새를 풍긴다. 하지만 결코 공포를 불러일으키지는 않는다. 날것이 아닌 현상으로서 평온하게 침묵을 지키는 어떤 것, 절대적인 골계가 있다.

뭔가가 지나친 박물관은 특징이 있는데 그중 하나가 진열이 엉성하다는 것이다. 어쨌든 많은 양을 보여주기 위해서겠지만, 좁은 곳에 될 수 있는 한 많이 집어넣는다. 그저 거기 잔뜩 있다는 데 만족하고, 진열장 안을 정돈한다든가 전시물에 앉은 먼지를 턴다든가 보기 쉽게 배치를 바꾼다든가, 그런 노력은 전혀 하지 않는다. 라 스페콜라도 예외가 아니었다. 아아, 여기는 진정한 과잉이다!! 나는 마음속으로 살그머니 외쳤다.

죽은 동물의 무수한 시선 속에서 박물관은 인체 해부관으로 이어졌다.

이 또한 압도적이다. 피부와 살이 벗겨져 내장을 비죽 내놓은 몸통과 기관이 유리 케이스에 담겨 벽에 진열돼 있었다. 장딴지면 장딴지, 얼굴이면 얼굴, 손이면 손이 천장까지 벽 한 면에 가득했다. 유리 케이스에 든 그것들은 각기 다른 기관을 설명하고 있는 듯했지만, 분류가 너무도 상세해서 뭐가 뭔지, 어디를 가리키는 모형인지 잘 알 수가 없었다.

수정된 순간부터 수정란, 태아를 거쳐 아기가 태어나기까지의 과정을 한 달 후, 두 달 후 같은 시간 순으로 전시한 곳도 있었다. 인간뿐 아니라 산양이나 닭 해부 모형도 있었다. 눈동자에서 흰 부분을 제거하면 검은자위만 남는다는 것도 여기서 처음 알았다.

하지만 과잉이라는 관점에서 보자면, 이 '끝장을 보여주지' 인체관에서는 과잉이 배어나오지 않았다. 모형 제작에 얽힌 에피소드, 운반된 시체를 머리부터 발끝까지 해부하고 너무 바쁠 때는 시체를 해부 중인 테이블에서 모두들 식사를 했다는 에피소드 등은 매우 인상적이었지만, 어쩐지 전체적으로 지나치게 진지했다. 위트라고는 티끌만큼도 없었다. 예술의 냄새가 풍겼다.

이 인체 모형관에서 처음 다른 사람을 봤다. 견학생은 아니고 미술학교 학생들이었다. 제각기 기관 앞에 의자를 갖다놓고 앉아 질리지도 않는지 계속 스케치를 하고 있었다. 조용조용 이야기를 나누면서 연필을 움직이는 그들의 등 뒤를 살그머니

지나치다가 문득 입구에서 본 초등학생들을 떠올렸다. 그 아이들도 이 슈퍼 리얼한 인체 모형관을 볼까? 수업의 일환으로 임신부 해부도나 피부를 벗긴 얼굴이나 뇌나 태아가 태어나는 순간 같은 걸 볼까? 과잉 박제관도 섬뜩하긴 하겠지만, 이 인체 모형을 정말 아이들에게 보여줘도 괜찮을까? 이탈리아다운 것 같기도 하고, 아무리 이탈리아라고 해도 무서운 것 같기도 했다.

이 해부 모형관 출구 근처에 별도의 작은 방이 있었다. 방 한가운데에는 남자의 두부 해부 모형이 있고, 네 귀퉁이에는 그리 크지 않은 디오라마가 유리 케이스에 들어 있었다. 그중 하나에 '페스트'라는 제목이 붙어 있었다. 피부가 녹색인 인간들이 겹겹이 쌓인 채 썩어 있고, 검게 변한 사체가 구석에 쌓아올려져 있고, 죽어가는 사람에게 뱀과 쥐가 달라붙어 있는, 아비규환 모형이었다. 다른 셋은 제목이 뭔지 읽을 수 없었지만, 모두 '페스트'와 마찬가지로 죽음과 부패를 그려낸 모형이었다. 아무 규칙 없이 진열된 인체 해부 모형과 이 디오라마는 대체 무슨 상관일까? 디오라마는 명백히 '죽음'을 그리고 있지만, 인체 모형에서는 '죽음'의 냄새가 전혀 풍기지 않았다. 그런데 마지막 작은 방에서 죽음을 강렬하게 의식하게 만들어서 이상한 위화감이 남았다.

일본으로 돌아오고 나서 이 위화감을 친절하게 설명한 책

을 접했다. 이치구치 게이코市口 桂子 씨가 쓴《피렌체 미스터리 가이드フィレンツェ・ミステリーガイド》였다. 사람들이 잘 모르는 피렌체의 숨겨진 이야기나 불가사의한 미술을 소개한 책으로, 여기에 라 스페콜라 박물관을 다룬 챕터가 있었다. 이 책에 따르면, 내가 마지막으로 본 작은 방만 모형을 만든 사람이 달랐다.

'페스트'와 나머지 세 개의 디오라마, 그리고 중앙의 남자 두부를 만든 사람은 17세기에 태어난 가에타노 줌부Gaetano Zumbo다. 페스트가 이탈리아 전역을 휩쓴 해에 태어난 남자로, 그가 만든 두부 모형에는 진짜 인간의 두개골이 쓰였다고 한다.

다른 작품은 그로부터 100년 뒤, 18세기에 태어난 클레멘테 수시니Clemente Susini라는 조각가가 해부학자, 예술가와 함께 만들었다고 한다.

작은 디오라마가 방금까지 본 해부 모형과 어우러지지 않고, 박물관을 나온 뒤에 알 수 없는 위화감을 강하게 남긴 이유를 그제야 깨달았다. 줌부가 만든 디오라마는 내적 충동에 의해 표현할 수밖에 없었던 작품이고 수시니가 만든 엄청난 모형은 외적 사명으로 담담하게 만든, 이른바 자신의 내부와 직결돼 있지 않은 작품군이다. 줌부는 페스트라는 병이 불러온 죽음에 극심한 공포를 품었겠지만, 수시니는 박물관 작업을 위해 들여온 시체에 공포 같은 감정을 느끼지 않았을 것이다.

박제관에서 본 과잉이 인체관에 없는 이유는 줌부가 만들었든, 수시니가 만들었든 그게 '작품'이기 때문이다. 과잉한 것은 결코 작품이 될 수 없다.

피렌체에는 엄청나게 많은 미술관과 박물관이 있다. 이 도시에 약 일주일간 머물렀는데, 매일매일 다리가 막대기처럼 뻣뻣해질 정도로 여기저기에 있는 미술관, 박물관을 찾아다녔다. 그래도 시간이 모자라 가지 못한 곳이 있다.

그러나 뭐니뭐니 해도 이번 여행에서 가장 만족스러웠던 것은 오랜 꿈이었던 라 스페콜라 박물관 방문이었다. 그리 넓지 않은 공간에서—전시물 때문에 한없이 넓게 느껴지지만—과거와 현재, 생과 사, 위트와 비참함을 한꺼번에 볼 수 있다. 이런 곳이 미술학도에게도, 의학생에게도, 초등학생에게도, 무서운 것을 보고 싶은 여행자에게도, 예술을 좋아하는 관광객에게도, 과잉을 좋아하는 일본 여자에게도, 아쉬움 없이 활짝 열려 있다는 게 이 나라의 좋은 점이구나 싶다.

일본에 돌아와 우에노에 갈 기회가 생겨서 과학박물관에 가봤다. 여기에도 동물 박제가 있었다. 물론 아직 200여 년의 세월에는 미치지 않는 신선한(?) 박제겠지만, 박제 그 자체와 아름다운 진열 상태에 감동했다. 전시된 동물은 모두 사랑스러움을 강조해서 사체라는 느낌이 전혀 들지 않았고, 진열장은 물론 잘 닦여 있고, 게다가 그 동물의 생태가 자세히 설명돼 있다. 국가 정체성이란 바로 이런 거겠지.

섬뜩함과 죽음의 냄새가 조용히 감도는, 귀여움이라곤 그림자도 찾아볼 수 없는 박제관을 견학한 아이들과 죽음의 냄새가 전혀 나지 않는, 지나친 것 하나 없이 청결한 박제관을 견학한 아이들은 당연히 어른이 됐을 때 사물을 보는 눈이 크게 다를 것이다. 어느 쪽이 더 좋다고 생각하는지는 사람마다 다르겠지만.

R 이야기
베트남

베트남 하노이에 처음 발을 들였을 때, 그때까지 갔던 나라들하고는 전혀 달라 크게 당혹스러워한 기억이 있다.

엄청나게 폐쇄적인 도시였다. 예를 들어 출입문을 활짝 열어두고 어서 오라고 말하는 듯한 가게가 번화가에조차 거의 없었다. 외국인을 대상으로 한 카페나 고급 레스토랑이 아닌 평범한 식당은 오로지 베트남어 간판뿐인 데다 창도 없고, 문에는 비닐로 된 포렴 같은 게 축 늘어져 있어서 안이 보이지 않았다. 그때까지 그런 가게를 본 적이 없고, 비닐 포렴 너머에서 뭔가 수상한 물건을 팔지도 모른다는 생각이 들어서 안으로 들어가기까지 상당한 용기가 필요했다.

하노이에 며칠 머문 다음 야간열차를 타고 후에에 갔는데,

이곳에서 혼란이 정점에 달했다.

후에는 오래된 도시로, 유적이나 절이 아주 많다. 동시에 베트남 전쟁 최격전지이기도 했다. 때문에 유적이나 성벽에 탄환 흔적이 아직 많이 남아 있다. 고엽제 희생자도 정말 많았다. 손발이 없는 사람이 집에서 만든 스케이트보드를 타고 지나가거나 얼굴이 문드러진 여자가 피부가 문드러진 아기를 안고 있는 등 한쪽 손 한쪽 다리가 없는 정도는 전혀 눈에 띄지 않을 정도로 온갖 모습을 한 사람들이 구걸을 하고 있었다.

여러 가이드북이 이 도시를 아름답다고 소개했지만, 나는 조금도 그런 생각이 들지 않았다. 전쟁의 상흔이 생생한, 어쩐지 조금 무서운 도시라는 느낌이 들었다.

이곳에서 새벽 3시, 시클로라는 자전거 택시를 탔다. 철도역까지 가는 길이었다.

사람도 차도 다니지 않는 가운데 희미한 오렌지색 가로등이 도로를 비출 뿐인 고요한 밤. 시클로가 나를 태우고 번화가를 달린다. 바퀴 돌아가는 소리만이 귀에 와 닿는다.

이곳을 여행하는 동안, 베트남 전쟁을 그린 가이코 다케시 開高健의 소설 《찬란한 어둠 輝ける闇》을 읽었다. 젊은 가이코 다케시가 특파원으로 베트남에 체재했을 때를 그린 르포타주 소설이다. 이 문고본은 거의 30년 전 베트남의 모습을 집요하게 그리고 있다. 외출금지령이 떨어지고, 총탄 소리가 울려 퍼지

고, 빈곤과 피로와 얄팍한 희망이 스며든 도시.

철컥철컥 등 뒤에서 들리는 바퀴 소리를 들으며 어둠을 들여다보는 사이, 그 소설 속 세계와 내가 있는 이곳이 뒤섞이기 시작했다. 바로 그때 지금 내가 어디에 있는지 확실히 이해했다. 나는 외출금지령이 떨어진 30년 전 도시에 있었다. 모두가 집에서 불을 끄고 숨을 죽인 채 있고, 몇 분 뒤 탄환이 날아다닐지도 모르는 도시로 흘러 들어온 것이다. 등줄기가 스윽 오싹해졌다. 이제 돌아가지 못하는 건 아닐까 진심으로 걱정했다.

어둠 속, 곧게 이어진 대로 저 앞에 희미한 오렌지색 불빛이 보였다. 철도역이었다. 철도역이 가까워지면서 주변에 켜져 있는 몇몇 작은 불이 보였다. 밤 속으로 하얀 김이 자욱하게 올라오고 있었다. 탕면집이었다. 탕면 노점에서 아버지와 어린 딸이 걸터앉아 국수를 후루룩 먹고 있었다. 그 모습을 보고 겨우 안도했다. 시클로가 30년 전 도시를 지나쳐 겨우 지금의 후에로 돌아온 것이다.

도망치듯 야간열차에 올라탔다. 다시 눈을 떴을 때는 창밖이 아주 화창했다. 하노이도 후에도 흐린 날이 많고, 음습한 인상이 강했기 때문에 오랜만에 보는 푸른 하늘에 왠지 마음이 놓였다.

후에 다음으로 간 곳은 냐짱이라는 해변 도시였다.

냐짱 역에서 내려 곧장 걸어가면 바다에 닿는다. 모래사장이 시선 끝까지 펼쳐져 있다.

배낭을 메고 터벅터벅 걸어, 맑게 갠 하늘 아래 바다가 보이기 시작했을 때는 실제로 기분이 꽤 가벼워졌다. 폐쇄적인, 자기 내부와 과거에 틀어박힌 듯한 베트남의 인상이 새파란 바다 도시에서 겨우 희미해져가는 듯했다.

바닷가 숙소에 체크인을 하고, 매일매일 아이처럼 헤엄을 치며 보냈다. 모래사장에는 노점이 몇 군데 서 있어, 비치파라솔이나 누울 수 있는 의자나 튜브를 빌려주기도 하고, 맥주나 주스를 팔기도 했다. 이 노점에 있는 아주머니에게 옷과 짐을 맡기고, 매일 바다에 뛰어들었다. 몸이 성치 않은 거지는 이 도시에도 역시 많았다. 탄환 흔적은 없어도 30년 전 전쟁의 흔적은 아직 곳곳에 남아 있었다. 그런 것에는 나 스스로 어떤 타협점을 찾아놓지 않으면 안 된다고 은연중에 생각하게 됐다. 즉, 거지에게 돈을 준다, 주지 않는다, 그들에 대해 어떤 생각을 한다, 하지 않는다……. 행위부터 감정까지 모두 나름대로 생각해서 대답을 내놓는다. 그게 옳든 그르든 그 대답을 행동으로 옮기지 않으면서 이 나라를 여행하기란 지극히 어렵다. 그렇게 이해했다. 이해하고 나자 계속됐던 혼란이 드디어 사라졌다.

나처럼 매일 모래사장에 오는 서양 남자가 있었다. 헤엄치기도 하고, 모래사장에서 자기도 하고, 책을 읽기도 하고, 맥주를 마시기도 하는 등 나와 거의 비슷하게 하루를 보냈다. 우리는 상대방을 인식하면서도 적극적으로 인사를 나누지는 않았다. 그러던 어느 날, 그가 내게 말을 걸었다. 내가 입은 티셔츠를 가리키며 "그 사람 팬이에요?" 하고 물었다. 그때 내가 입고 있던 티셔츠는 구제로, 왕관을 쓴 지미 헨드릭스가 프린트돼 있었다.

"뭐, 그럭저럭 좋아해요."

"진짜 지미를 본 적이 있어요." 그가 자랑스럽게 말했다.

"말도 안 돼. 지미는 오래전에 죽었잖아요."

"그때는 살아 있었죠. 1967년, 몬터레이 라이브 때 말이에요."

나는 정말 깜짝 놀랐다. 그해는 내가 태어난 해로, 당시의 라이브 비디오를 몇 번 본 적이 있다. 나는 흥분해서 변변찮은 어학 능력에 안달복달하며 서툰 영어로 이 사실을 전했다.

"그 라이브 때 앞쪽에 있었죠. 비디오에 뒷모습이 나와요. 열여덟 살이었는데, 그다음 날 베트남에 왔어요."

그날부터 그 남자, R과 나는 마주치면 자연스럽게 이야기를 나누게 됐다. R은 샌프란시스코에서 택시를 몬다. 아홉 달 일하고 석 달 쉬기를 반복하는데, 개인 여행이 자유로워진 이후로는 그 석 달을 줄곧 베트남에서 지낸다고 했다. 베트남에서 특별히 하는 일 없이 좋아하는 음악을 듣고 책을 읽고 멍하니 보낸다는 것이었다.

이따금 모래사장에서 R을 보면, 그는 언제나 워크맨 이어폰을 귀에 꽂고 멍하니 바다를 바라보고 있었다. 해가 질 때까지 그렇게 있기도 했다. 한번은 뭘 듣느냐고 물어봤다. 지미 헨드릭스, 도어즈, 재니스 조플린, 더 후, 롤링 스톤스……, 베트남에서 지낸 10대, 20대 시절에 즐겨 듣던 곡만 듣게 된다고 R은 대답했다.

R에게 물어보고 싶은 게 수도 없이 많았다. 베트남 전쟁에서 뭘 했는지. 최전선에서 싸운 적은 있는지. 그때 뭘 느끼고 생각했는지. 사람을 죽인 적은 있는지. 사람이 죽어가는 것을 본 적이 있는지. 편지는 자주 썼는지. 누구에게 썼는지. 자신이 죽을 거라는 생각을 한 번이라도 한 적이 있는지. 전쟁이 끝났을 때 대체 무슨 생각을 했는지. 무슨 생각을 하며 돌아갔는지. 돌아가서 뭘 생각했는지. 스스로에 대한 생각은 달라졌는지. 30대가 됐을 때 그 경험을 어떻게 생각했는지. 40대가 됐을 때는 어땠는지. 왜 석 달 휴가를 베트남에서 보내는지. 그러는 데 대한 당혹감이나 혐오나 공포는 없는지. 없다면 왜인지. 예전에 이 나라에서 들었던 곡을 계속해서 듣는 이유는 뭔지. 혹은 이 나라에 머물던 시기가 당신에게 매우 좋은 날들이었는지. 모래사장에 앉아 도어즈를 듣고, 바다 위로 저물어가는 해를

바라볼 때 대체 어떤 기분인지.

하지만 나는 아무것도 묻지 않았다. 솔직한 질문이 실례일지도 모른다고 염려했기 때문이 아니다. 뭐랄까, 거창하게 말하면 어쩐지 그런 질문은 R의 중심, 근본을 건드리는 것 같은 기분이 강하게 들었기 때문이다. 그리고 타인의 근본에 관한 것을, 예나 지금이나 어지간한 일이 아니면 나는 가볍게 입에 올리지 못한다.

나는 자전거를 잘 타지 못하고, 당연히 오토바이도 차도 몰지 못하기 때문에 언제나 머무는 곳에서 그리 멀리는 가지 못한다. 그런데 냐짱에서는 R이 곧잘 바이크 뒤에 태워줬다. 조금 떨어진 해안이나 폭포, 절, 마을에 데려가줬다. 텔레비전 드라마 〈오싱〉이 베트남, 특히 냐짱에서 크게 인기를 얻고 있어서, 나는 어딜 가든 '오싱'이라 불리고, 때로는 사진을 찍혔다. 악수까지 한 적도 있다. R은 이게 대체 무슨 일인가 의아해했다. 인기가 꽤 많구나 하고, 어째서인지 크게 착각하고 감탄했다.

귀국이 일주일 남았을 때 나는 혼란과 당혹감을 말끔히 떨어내준 냐짱과 십수 일간의 친구로 지낸 R에게 작별을 고하고 호치민으로 떠났다.

호치민은 파워풀하고, 에너지가 가득했다. 그 분위기에 푹 빠져 지냈다. 북쪽 하노이와 남쪽 호치민은 분위기가 완전히 달랐다. 하노이가 음이라면 호치민은 완벽한 양이었다.

호치민에서 새로 사귄 친구들과 함께 놀러 다니느라 R 생각은 거의 나지 않았다. 전쟁박물관이라는, 전쟁이 남긴 처참한 유물이 엄청나게 많은 과잉의 박물관이 있었다. 이곳을 찾았을 때 언뜻 생각했다. R은 오늘도 모래사장에서 지미 헨드릭스를 듣고 있을까?

한 달간의 여행을 마치고 예정대로 일본으로 돌아와, 눈 깜짝할 사이에 일상 속으로 휩쓸렸다. 일하고, 친구를 만나고, 여행을 떠나기 전과 다르지 않은 나날로 금세 돌아왔다. 몇 달쯤 뒤, 냐짱에서 까맣게 탄 피부도 거의 원래 색으로 돌아온 어느 날. 술에 취해 돌아와 우편함을 열어보니 항공우편이 들어 있었다. 보낸 사람 이름을 봐도 누군지 금방 생각나지 않았다.

술 냄새를 풍기며 집에 들어와 비틀비틀 거실 테이블에 앉아서는 봉투를 열었다. 사진이 나왔다. 그제야 R을 떠올렸다. 손으로 쓴 편지를 천천히 읽었다.

베트남에서 무사히 돌아와 평소와 같은 매일이 시작됐다고, 그 편지에는 적혀 있었다.

평소와 같은 매일. 내게는 그것이 낯선 사람을 차 뒷좌석에 태우고 도시를 뱅뱅, 뱅뱅 도는 일이다. 그저 그뿐이다. 어디에도 가지 못하고, 어디에도 돌아가지 못하고, 그저 같은 곳을 돌 뿐. 하지만 그래서 어떻단 말인가. 인생은 공정하다. 너무나 공정하며, 이것이 내게 주어진 나날이다. 혹시 샌프란시스코에 올 일이 있다면 연락해주길. 차 뒷좌석에 태우고 도시를 안내하는 것만은 잘하니까.

편지를 읽다가 문득 정신을 차리고 보니 울고 있었다. 왜인지는 모르겠다. R이 무엇을 두고 '공정'하다고 하는지 알 수 없었다. R의 과거도, 현재도 모른다. 하지만 그가 결정적인 뭔가를 잃었음을, 편지를 읽으며 느꼈다. 그 결락을 그 자신도 너무나 잘 알아서 어떻게든 타협하고 있다는 게 느껴졌다. 내가 베트남에서 했던 것하고는 비교도 할 수 없는 거대하고 복잡한 타협을.

보내온 사진을 한 장씩 들여다봤다. 폭포를 배경으로 내 옆에서 웃고 있는 R, 바닷가에서 피크닉 준비를 하고 있는 R. 하지만 나는 그 사진들에서 이어폰을 귀에 꽂고 해가 질 때까지 지그시 수평선을 바라보는 R을 보고 있었다.

아무것 없이도 황홀한 몽골

아무것도 없다는 말을 듣고, 사람이 떠올리는 경치에는 대체로 뭔가가 있다. 예를 들어 상점이 몇 군데뿐인 시골 마을이라든가. 흰 벽으로 둘러싸인 방이라든가. 바람에 날려 초속으로 표면이 변하는 사막이라든가. 풀이 무성한 들판이라든가.

몽골에 가기로 하고, 나도 그런 '아무것도 없는' 것을 상상했다. 아~무것도 없는 곳이겠지 하고 생각한 그 '아~무것도 없는' 곳에는 점점이 상점이 있고, 작고 초라한 철도역이 있고, 그 마을에서 가장 엣지 있어서 여행자가 모여드는 카페가 한 집 정도 있고, 텐트처럼 생긴 집이 여기저기 흩어져 있고, 말과 개와 양이 한가롭게 거닐었다. 그런 상상을 했다.

그래서 처음에는 100퍼센트 개인 자유여행을 계획했다.

수도 울란바토르에 며칠 있다가, 장거리 버스나 열차로 나라를 한 바퀴 빙 돌다가 마음에 드는 곳이 생기면 거기 머물면서 게르(유목민 텐트)에도 며칠 있어보고, (지도로 보니 가까운 듯한) 위구르 자치구와 베이징 쪽도 들렀다가, 베이징에서는 쓰촨이 가까우니까 엄청나게 매운 마파두부라도 먹고 돌아올까. 그렇게 가벼운 마음으로 여행을 계획하고, 티켓을 준비하다가 불현듯 뭔가 불길한 기분이 들기 시작했다.

먼저 2주일이라는 짧은 기간에 내 멋대로 상상한 '나리타→울란바토르→위구르 자치구→베이징→나리타'로 이동하는 것은 도저히 무리였다. 매일 비행기나 전차로 이동하면 불가능한 일도 아니지만, 그런 여행은 싫다. 지도에서 보면 이렇게 가까운데 이동이 엄청나게 불편한 걸 보니, 내가 지금부터 가려는 곳이 그리 대중적이지는 않은가 보다 하고 일단 이해했다.

그러고 나서 가이드북을 읽는 동안, 점점 더 불길한 기분이 들었다. 여행에 익숙해지지 않는 성격 탓에 지나친 걱정에 빠진 게 아니라, 이번에는 정말 좀 다를지도 모른다는 본능적인 예감이 들었다. 이 예감에 따라 몽골을 훤히 아는 여행 대리점에 가서 여행 계획을 짜달라고 신청했다. 2주일의 일정 중 2박 3일만 몽골 시골 게르에서 숙박하고, 나머지는 자유여행으로 이동할 수 있을 것 같으면 그러려고 했다.

울란바토르에 밤에 도착해 다음 날부터 바로 시골에서 2박 3일을 지내는 일정이었다. 이른 아침, 가이드를 맡은 어린 여자와 운전사가 데리러 와 사륜구동을 타고 울란바토르를 떠났다. 2박 3일, 나 혼자 운전사와 가이드를 고용하는 여행이라니 너무 호사스럽지 않나? 모르는 사람들하고 2박 3일을 함께 지내기가 너무 괴롭지는 않을까? 여행 전에는 그런 생각을 했지만, 차가 울란바토르를 빠져나가자마자 '아아, 여행사에 부탁하길 잘했다!!' 하고 마음 깊이 생각했다.

그 이유인 즉 정말 아~무것도 없었기 때문이다. 도시를 벗어나자마자 정말 아무것도 없었다. 그저 땅이 펼쳐져 있을 뿐. 정확하게 말하면 지면 한가운데 아스팔트 도로가 뻗어 있고, 지면 끝에 점 같은 게르가 있었다. 그때부터 수십 분마다 길가에 돌을 쌓아 만든 원뿔이 나왔다. 원뿔 꼭대기에는 새파란 천이 둘둘 감겨 있었다. 조금씩 차이는 있지만, 대체로 내 허리 정도 높이. 운전사는 이 돌 원뿔이 보이면 차를 세우고 가이드를 차에서 내리게 했다. "오보Ovoo입니다. 가족 수만큼 돌을 갖고 있다가 주변을 세 번 돌면서 그 돌을 던지면 모두 행복해집니다." 가이드가 알려줬다. 운전사와 가이드와 나 이렇게 세 사람이 줄지어 빙빙 돌면서 행복을 기원했다.

있는 건 단지 길과 오보와 저 멀리 여기저기 흩어져 있는 게르. 버스 정류장도 없고, 주유소도 없고, 드라이브인 같은 휴게소도 없고, 식당도 나무도 집도 정말 아~무것도 없었다. 쓰레기조차 떨어져 있지 않았다. 이따금 산양 떼나 말, 낙타, 개가 차와 스쳐 지나갔다.

네댓 시간을 달렸을 즈음, 차가 포장도로를 벗어나 아~무것도 없는 땅을 달리기 시작했다. 아~무것도 없는 곳을 내달리다가 오른쪽으로 꺾었다가 원래로 돌아오곤 했다. 길을 잃은 모양이었다. 가이드와 운전사가 지도를 펼쳐놓고 이러쿵저러쿵 말을 나눴다. 이렇게 아무것도 없는 곳에서 지도가 대체 무슨 소용일까? 나는 정말 궁금했다. 그리고 실제로 그들은 도중에 지도를 던져버리고, 멀리 세워진 게르 쪽으로 달려가 거기 사는 유목민에게 길을 물어봤다.

난처하게 됐네. 이것이 목적한 게르에 막상 도착했을 때의 내 심정이었다.

내가 머물기로 돼 있는 게르는 진짜 유목민이 사는 곳이 아니라, 투어리스트 게르라고 해서 화장실, 샤워시설, 레스토랑이 딸린 숙박 시설이었다. 광대한 부지에 여행자용 게르가 스무 개 정도 서 있었다.

부지에서 한 발짝만 나가면 변함없이 아~무것도 없었다. 너무 아무것도 없어서 무시무시할 정도였다. 360도를 돌아보니 엄청나게 먼 곳에 유목민 게르가 두 개, 그 근처에 작은 연못, 연못에서 물을 마시는 말, 뒤쪽으로 살짝 높은 언덕, 투어리스트 게르 부지에 있는 무수한 산양……, 있는 것이라곤 이게 다였다. 시간은 오후 2시. "저녁 식사는 몇 시에 하시겠습니까?" 숙소 스태프가 물어, "7시 정도에 부탁드립니다" 하고 대답하고 나니 정신이 아득해졌다. 7시까지 대체 뭘 하면 좋을까. 그보다 앞으로 이틀 동안 여기서 뭘 해야 할까.

다음 날에는 차를 타고 카라코룸에 가기로 돼 있었다. 카라코룸은 옛 몽골 제국의 수도로, 에르덴조Erdene Zuu라는 거대한 사원이 있다. 나는 관광 명소에는 별로 흥미를 느끼지 못해 좀처럼 발걸음하지 않는데, 이번만은 그 카라코룸에 가는 게 뛸 듯이 기뻤다. '좋아라, 할 일이 생겼어. 시간을 때울 수 있어!' 같은 상당히 부정적인 기쁨이기는 했지만.

전날과 하나도 다를 바 없는, 너른 평지 한가운데 놓인 길을 몇 시간 동안 내달리니 갑자기 엄청나게 큰 석조사원이 나타났다. 이 사원은 지금도 몽골 불교도들이 수행의 장으로 사용하고 있지만, 건물 자체는 16세기에 지어져서 상당히 낡았다. 돌이 무너져 잡초에 파묻혀 있기도 했다. 나무가 썩은 보물관이 늘어서 있고, 어느 방에나 훌륭한 만다라가 있었다. 조용하고 어두운 건물에 들어서면 종이에 그려진 것, 천에 자수가 놓인 것, 크기도 다양한 만다라가 죽 진열돼 있었다. 하나같이 네팔 만다라보다 더 매력적이었다.

이 만다라를 열심히 보고, 예배를 보는 수행승들 사이에 섞여 열심히 기도하고, 사원 구석구석까지 열심히 걷고, 사원 밖 길가에 차려진 선물 가게를 열심히 들여다봤다. 그런데도 네 시간 정도밖에 지나지 않았다. 하루는 아직 아직 길다. 그래도 더 이상 할 것이 없어 돌아가기로 했다.

카라코룸 부근을 달리는데 우리가 탄 도요타 사륜차의 상태가 나빠졌다. 급히 자동차 수리점을 찾아 나섰다. 나는 이런 일이 일어났는데도 속으로 만만세를 불렀다. 도쿄라면 차가 망가져 수리점을 찾는다는 게 번잡하고 귀찮은 일일 뿐이겠지만, 아무것도 없는 몽골에서는 도쿄 디즈니랜드에 디즈니씨(디즈니랜드 바로 옆에 있는, 항구를 재현한 테마파크)를 더하고, 유니버설스튜디오까지 합한 듯한 대형 어트랙션이다. 그런데 이렇게나 아~무것도 없는 땅에 수리점이 있기나 할까?

에르덴조 사원에서 차를 타고 조금 달려간 곳에 신기한 광경이 펼쳐져 있었다. 드디어 아무것도 없는 곳에서 해방되긴 했지만, 거기에 있는 건 '마을'나 '시내' 같은 것과는 개념이 조금 다른 공간이었다. 한없이 드넓은 대지에 함석 울타리가 있고, 울타리 안에는 게르가 무수히 모여 있었다. 아니, 게르뿐 아니라 네모난 집도 있었다. 구석에는 한 평도 안 되는 가게가 있었다. 가게라고 해도 베니어판을 짜 맞춰 만든 간소한 오두막으로, 사격 오락실처럼 안쪽에 물건이 띄엄띄엄 놓여 있었다. 치즈, 통조림, 플라스틱 장난감 등. 가게 주변에는 딱히 하는 일도 없이 어른들이 모여서 이야기를 나누다가 외부에서 들이닥친 사륜구동을 빤히 바라봤다. 셔츠에 청바지를 입은 남자도 있지만, 델이라는 민족의상에 카우보이모자를 쓴, 이야기 속에서 튀어나온 듯한 남녀가 많았다. 다시 말해 이곳이 시내인 것이었다.

무사히 수리점을 찾았다. 수리점이라고 해도 함석 오두막에 수리사가 있을 뿐이었지만, 어쨌든 차가 수리되길 기다리며 그 신기한 '시내'를 어슬렁거렸다. 광대한 함석 울타리 안에 늘어선 집과 텐트. 식당도 찻집도, 버스 정류장도 전화국도, 아~무것도 없었다. 개가 별 좋은 곳을 어슬렁거리고, 여기 사는 남자와 여자가 걸어 다니다가 멈춰 서서 이야기 삼매경에 빠지곤 했다.

사격 오락실 같은 가게 앞에서 담배를 피우던 남자가 나를 손짓해 부르며 뭐라고 물었다. 어디서 왔느냐고 묻는 것 같았다. 일본이라고 대답해도, 물론 뜻이 통하지 않았다. 남자에게서는 양 냄새가 났다. 매일 양 요리를 먹으면 인간에게서도 양 냄새가 나는구나 하고, 충격에 가까운 감동을 받았다.

함석으로 둘러싸인 '시내' 입구에 만원 버스가 멈춰 서고, 승객들이 차례차례 내려 '시내'로 들어섰다. 다들 짐이 엄청났다. 분명 울란바토르에서 돌아오는 길이리라.

그때 퍼뜩, 잘도 이런 데를 혼자 여행하려 했구나 싶어 기가 막혔다. 만에 하나 울란바토르에서 저 버스에 탔다고 해도 이 시내에 도착한다. 그런다 한들 어디서 숙박하며 음식은 어쩔 작정이었는지. 물조차 파는 데가 없었다. 나는 이 신기한 '시내'에서 나 자신의 무지와 거만함을 깨달았다.

빈곤하거나 오래됐거나, 작거나 근대적이거나, 화려하거나 촌스럽거나, 이런저런 차이가 있기는 하지만, 나는 전 세계 시내가 대체로 비슷하다고 무의식적으로 믿고 있었다. 시내에는 뭔가가 있다고 말이다. 말이 전혀 안 통해도 음식 파는 가게에 갈 수 있고, 불평만 하지 않는다면 잘 곳도 구할 수 있다. 반드시 어떻게든 된다. 그렇게 생각했다.

하지만 세계는 그렇게 작지도 않고, 뻔하지도 않다고 몽골의 대지가 알려줬다. 정말 이해가 되지 않을 정도로 아무것도 없었다. 더더욱 이해가 안 되는 건 그 아무것도 없는 와중에서도 사람들의 생활이 질서 있게 돌아가고 있는 것이었다.

차를 무사히 고치고, 우리는 숙박하고 있는 게르를 향해 다시 도로를 내달렸다. 도중에 나는 또 신기한 광경을 목격했다.

아~무것도 없는 그저 넓기만 한 대지에 이따금 사람이 큰 대자로 쓰러져 있었다.

"어, 저기……." 쓰러져 있는 사람을 몇 명쯤 지나쳤을 때 나는 주뼛주뼛 가이드에게 말을 걸었다. "저 사람들은 대체……." 그러자 "술에 취한 거예요"라는 대답이 돌아왔다. "마유주를 마시고 취해서, 기분 좋게 자고 있는 거예요." 분명 그렇게 아~무것도 없는 곳에서 술에 취하면 기분 좋겠지만, 집도 차도 가게도 쓰레기도 아무것도 없는 대지에 사람이 뒹구는 광경은 상당히 초현실적이었다.

그날 한밤중, 화장실에 가고 싶어 잠에서 깼다. 게르를 나와 수십 미터 밖 화장실로 발길을 서둘렀다. 그러다 무심코 발을 멈추고, 눈앞에 펼쳐진 아~무것도 없는 세계에 넋을 잃고 말았다. 절반보다 조금 더 줄어든 달이 떠 있어, 넓게 펼쳐진 밤은 어둡지 않았다. 밤은 옅은 회색빛이었다. 눈이 닿는 곳 어디에도 아무것도 없었다. 저 멀리 돌멩이 같은 게르가 두 채 있을 뿐이었다. 아무것도 없는 대지에 개 짖는 소리가 울려 퍼지다가 이내 잠잠해졌다. 바람이 게르 지붕을 부풀려 펄럭이는 소리가 쉴 새 없이 들렸다. 실로 훌륭하게, 아름다울 정도로 아무것도 없었다. 아아, 엄청나게 호화로운 광경을 보고 있구나. 어슴푸레한 밤 한가운데, 처음으로 그런 생각을 했다.

아무것도 없는 대지에
개 짖는 소리가 울려 퍼지다가
이내 잠잠해졌다.
실로 훌륭하게, 아름다울 정도로
아무것도 없었다.

가장 좋진 않아도 정말이지 참 좋은 미얀마

있잖아, 반 남자애 중에 누가 좋아? 이런 이야기가 나오면 제일 먼저 지명되는 남자가 있다. 또는 "그 애만은 절대 싫어"에 반드시 뽑히는 남자도 있다. 소수파가 좋아하는 컬트적인 남자도 있다. 어쨌든 이름이 불리는 남자는 대체로 개성적이다. 얼굴이 잘생겼거나, 친절하거나, 청결해 보이거나, 운동을 잘하거나, 옷을 잘 입거나, 정말 평범한 개성이라도 여자가 '좋다고 생각할 만한' 알기 쉬운 이유가 꼭 있다.

이와는 반대로 전혀라고 해도 좋을 만큼 이름이 안 불리는 남자도 있다. 결코 나쁜 사람은 아니다. 오히려 상당히 좋은 사람일 때도 있다. 촌스럽지도 않고, 질 낮지도 않지만, 그저 기억에 남지 않는다. 몰개성이라고 할까, 존재감이 희박하다고 할까.

나라도 이와 비슷하다. 예를 들어 타이, 이탈리아, 오스트레일리아 같은 나라는 가장 인기 있는 남자다. 화려한 매력이 있다. 싱가포르, 포르투갈, 미국, 몰디브 같은 나라는 1등은 아니지만 항상 누군가는 입에 올리는 이른바 단골 상위 그룹이다. 최악의 그룹은 사람마다 상당히 다르겠지만, 역시 없지는 않다. "그런 데는 두 번 다시 가고 싶지 않아"라고 말하지만 어쩐지 미워할 수 없는 곳. 이 역시 개성이 강렬한 나라다. 참고로 내가 가장 좋아하는 나라는 타이, 될 수 있으면 더 이상 가고 싶지 않은 나라는 중국이다.

전혀라고 해도 될 정도로 이름이 불리지 않는 나라, 개성 없다고 여겨지기 쉬운 나라 역시 분명히 있다. 내게는 미얀마가 그렇다.

미얀마는 정말 좋은 나라다. 훌륭하다. 하지만 뭐랄까, 기억에 잘 남지 않는다. 여행한 곳 중에서 어디가 제일 좋아? 이런 질문을 받으면 타이, 아일랜드, 모로코 같은 나라 이름을 대느라 정신이 없다. 미얀마는 티끌만큼도 생각나지 않는다. 어떤 나라가 어땠다고 한바탕 이야기한 뒤에 '아아, 그러고 보니 미얀마도 있었네!' 하고, 어렴풋이 떠올리는 정도다.

미얀마의 수도 양곤(지금은 네피도)은 정말 한가롭고 평온한 도시다. 물건을 파는 아이도, 호객꾼도 맹렬한 기세가 없다.

철도역 근처에 큰 시장이 있어서, 이 주변에 물건을 팔거나 가이드를 해주겠다는 아이들이 모여 있다. 많게는 열일곱, 열여덟 살, 적게는 다섯 살 정도 되는 아이도 있다.

이 나라 관광지에서는 주로 아이들이 물건을 팔거나 가이드를 한다. 다들 엄청나게 영리하다. 7개 국어를 유창하게 하는 열두 살짜리 아이를 만난 것도 미얀마에서였다. 그 아이는 관광버스에서 외국인이 내리면, 그가 중국 사람인지 한국 사람인지, 스페인 사람인지 이탈리아 사람인지 바로 알아차리고 (나는 전혀 모르겠다) 언어를 바꿔 엽서를 팔았다.

양곤 시장 앞에서 만난 남자애는 "귀여운 누나, 가이드 안 필요해요?" 하고 제법 능숙한 일본어로 말을 걸었다. "귀여운 건 너잖아. 내가 가이드해줄까?" 하고 대답하니 "아니야!" 하고 뾰로통해졌다. "나는 귀엽지 않아. 멋있어." 이렇게 정정했다. 학교도 안 다니는 다섯 살짜리 아이가 이렇게 말하는 걸 보면, 미얀마 사람들은 선천적으로 어학 능력이 뛰어난 것일까.

수치라는 이름을 공공연히 입에 올려서는 안 된다고 가르쳐준 것도 시장 앞에 있던 아이들이었다. 내가 여행하던 당시에도 수치 여사는 연금 상태였다. "수치 여사, 어떻게 지낼까?" 내가 무심코 말하자 "쉿!" 하고 열 살도 안 된 아이가 입술에 손가락을 갖다 댔다. "그런 소리, 집 밖에서 하는 거 아니야. 비밀경찰이 돌아다닌다고." 이러는 거였다. "택시에 타서 수치 여사 집을 보러 가고 싶다는 소리도 하면 안 돼. 엄청난 일을 당하게 될 거야." 이런 이야기도 해줬다. 그러는 관광객이 이따금 있다고 했다.

메이묘라는 도시가 있다. 만달레이에서 합승 버스를 타고 간다. 특별한 목적도 없이 메이묘에 갔다. 엄청난 시골이었다. 아직 마차가 있을 정도였다. 큰길만 포장돼 있고 좁은 골목은 모두 흙길이었다.

이 마을에서 어떤 노인과 친해져서 그의 집에 초대를 받았다. 고상식(땅에 기둥을 세우고 그 위에 집을 높게 지은 형태) 집에 들어서니 집 안은 콜로니얼양식으로 돼 있었다. 어두컴컴한 방 안 한쪽 벽면에 사진이 걸려 있었다. 모두 오래된 사진으로, 시간여행을 온 듯한 독특한 분위기를 자아냈다. 시간과 시대를 알 수 없는 어두운 방에서 노인과 그 부인, 셋이서 차를 마셨다. "일본 벚나무에는 버찌가 열리지." 노인이 서툰 영어로 말했다. "미얀마에도 벚나무는 있지만, 버찌는 열리지 않아. 분명 종류가 다를 거야." "그렇겠네요." 나와 노인의 부인은 고개를 끄덕였다. 메이묘와 만달레이 이야기를 띄엄띄엄 하고 있는데 갑자기 노인이 "일본 벚나무에는 버찌가 열리지" 하고 또다시 말했다. "버찌란 게 정말 맛있다는 이야기를 들었어. 하지만 미얀마의 벚나무에는……" 하고 말을 이었다. 거듭 그러기를 대여섯 번 정도.

저녁이 돼 집을 나서려는데, 노인이 주소를 적은 종이쪽지를 내게 건넸다. "버찌를 먹으면 그 씨앗을 보내줘. 일본 벚나무 씨앗을 심으면 이 마을에도 분명 버찌가 열리는 벚나무가 자랄 거야. 꼭 보내줘야 해." 그가 다짐을 받았다.

노인의 집을 나와 서서히 해가 기울기 시작하는 작은 마을을 걸었다. 가정집과 상점과 작은 음식점 말고는 정말 아무것도 없었다. 그러나 해 질 녘 풍경은 너무나 아름다워, 마음이 요동쳤다. 석양이 짙은 녹색 나무들에 금가루를 흩뿌리며 저물어갔다. 지붕에 이엉을 얹은 집집이 늘어선 거리를 걸으니 대문을 열어놓은 집마다 흰 연기가 길 쪽으로 흘러나왔다. 앞마당에서는 아이들이 세팍타크로를 하고 놀았다. 손님을 기다리는 마차를 앞질러 자전거가 몇 대씩 지나갔다. 신기하게도 이 광경이 구석구석까지 정겨웠다. 이 정겨움까지 포함해 사무치게 아름다웠다.

큰길에 있는 찻집에 들어가, 해가 저무는 마을을 한없이 바라봤다. 금색 마을이 오렌지색으로, 오렌지색이 핑크색으로, 핑크색이 옅은 파란색으로 변해갔다. 종업원이 양초를 켜느라 테이블 사이를 돌아다녔다. 분위기를 내기 위해서가 아니었다. 그게 가게의 유일한 빛이었다. 촛불 너머 작은 마을의 생활이 천천히 밤에 감싸여갔다.

메이묘를 비롯해 미얀마의 도시는 대체로 아름답지만 평

범하다. 그런 미얀마에서 가장 화려한 곳이 골든록(원어는 카익티요) 아닐까.

깎아지른 듯한 절벽에 거대한 바위가 걸려 있는 듯 얹혀 있다. 어째서인지 굴러떨어지지 않는다. 미얀마 사람들은 이 바위에 온통 금가루를 칠하고, 그 위에 불탑을 얹고, 성지로 받든다.

골든록은 미얀마에서 가장 보고 싶은 곳이었다. 바고라는 곳이 거기서 가장 가까운 도시인 모양이었다. 그래서 바고에 숙소를 잡았다.

아무튼 가장 화려한 명소이자 성지이니, 바고에서 골든록까지 버스나 합승 택시가 다닐 거라고 생각했다. 미얀마 사람들은 신앙심이 깊으니, 버스도 합승 택시도 그득 찰 거라고 예상했다. 그런데 하나도 없었다. 어쩔 수 없이 숙소 스태프에게 태워다달라고 부탁했다. 이 숙소 스태프는 컨트리 음악을 엄청나게 좋아해, 그가 특별히 편집한 테이프를 쩌렁쩌렁 틀어놓은 차를 타고 성지로 향했다.

이 성지가 또 엄청나게 멀다. 바고에서 세 시간을 가야 겨우 골든록으로 오르는 산 입구에 도착한다. 산 입구 마을, 킨푼에서 엄청나게 급한 오르막길이 끝없이 이어진다. 순례 시즌에는 정상까지 가는 트럭이 있는 모양이지만, 이때는 시즌오프로 트럭이 없어서 걸어가야 했다. 산길이 아니라 포장길이니 길 없는 길을 걷는 것보다야 편하지만, 그래도 상상을 초월하는 거리였다. 걸어도, 걸어도 까마득했다. 여기서 '가마꾼'을 처음 봤다. 오르막길에 두 손 두 발 다 든 사람을 구급용 들것 같은 데 태우고, 남자 넷이 낑낑거리며 올라가는 거다. 이 가마꾼이 길 곳곳에서 태워다줄까 하고 말을 걸었다. 무심코 부탁해버리고 싶어지는 힘든 여정이지만, 아무리 그래도 성지는 걸어서 가지 않으면 안 된다. 신앙심 같은 건 없지만, 나는 어쩐지 이런 일에 있어서는 성실한 편이다.

몇 번이나 주저앉아 휴식을 취하고, 헐떡헐떡 식식거리면서 오르막을 올라 겨우 정상에 다다랐다. 과연 성지답게 정상은 잘 정비돼 있었다. 그런데 사람이 없었다. 정상에서 아래를 내려다보니 불과 수십 미터 아래에 촌락이 있었다. 짙은 안개 사이로 갈색 이엉을 얹은 지붕이 희미하게 보였다. 환상 같은 광경이었다.

특산물 가게와 식당을 통과해서 곧장 안으로 들어가니, 바로 골든록이 있었다. 사진으로 몇 번이나 봤지만, 그래도 역시 압도적인 광경이었다. 다가가면 다가갈수록 어쩐지 불안해졌다. 그도 그럴 것이 그 거대한 바위가 정말 벼랑의 한 점에 딱 걸쳐 있었다. 손을 대면 곧장 아래로 데굴데굴 굴러떨어질 것 같은 금색 바위. 그 바위 위에 오도카니 불탑이 서 있었다. 이 불탑에는 부처의 머리카락이 모셔져 있다고 한다.

돌을 떨어뜨리면 단숨에 유명해지겠네. 머릿속에 섬뜩한 상상이 떠올랐다. 악마의 하수인 어쩌고 하면서 미얀마 주요 신문에 실리겠지. 일본에도 그 악명이 전해지겠지. "부끄러움을 모르는 멍청한 관광객, 성지의 바위를 굴러떨어뜨리다"라고 대서특필되겠지. 그런 생각을 하고 있자니 상상과는 반대로 돌을 만져보고 싶어서 견딜 수가 없었다. 안 돼, 안 돼, 가까이 가면 안 돼. 이렇게 속으로 외치면서도 결국에는 손을 뻗으며 다가가고 말았다.

그런데 유감스럽게도 바위 주변으로 울타리가 있고, 여자는 울타리까지밖에 갈 수 없다. 남자는 울타리 안에 들어가 바위에 금박을 붙일 수 있다. 금녀의 성지인 것이다. 악마의 하수인이 되지 않아서 다행이다 싶으면서도 실망스럽기도 하고, 마음이 복잡했다.

하지만 정말 신비한 광경이었다. 푸른 하늘을 배경으로 부자연스럽게 자리하고 있는 금색 바위를 꽤 오랫동안 바라봤다. 농담 같은 이 바위가 어쩐지 세계를 떠받치고 있는 것처럼 보였다. 가장 추한 것을 봉인한 누름돌처럼도 보였다.

정말 고요했다. 하늘은 청명하고, 사람은 없고, 금색 바위는 끄떡도 하지 않고 그 한 점에 뿌리를 내리고 있었다.

골든록은 텅 비어 있었지만, 양곤에 있는 쉐다곤 파고다(양곤 북쪽 언덕에 있는 거대한 불탑)에는 미얀마 사람이 버글버

글했다. 일본 메이지진구明治神宮와 센소지와 가와사키다이시川崎大師를 전부 합한 것 같은 엄청난 불교 사원이었다. 안에 들어갈 때는 신발과 양말을 벗어야 했다. 가족도 커플도, 노인도 아이도, 모두 맨발로 불탑을 걸어 다녔다.

경내는 화려하지는 않지만 정말 아름다웠다. 마음이 평온해지는 절이었다. 이 아름다움이 미얀마 사람들의 온화함과 친절함을 잘 드러내고 있다고 생각했다. 불교를 굳게 믿는 이 나라 사람들은 수도에 사는 사람도 시골에 사는 사람도 정말 친절하다. 고집스러움이라고는 조금도 없는, 품격 있는 친절함이 모두에게 배어 있다.

여행 일기를 펼쳤다. 여행을 시작한 지 열흘 정도 지난 어느 날, "나는 미얀마가 정말 좋다"라고 꾹꾹 눌러 썼다. 그래도 여행한 곳 중에서 어디가 제일 좋으냐는 질문에 미얀마라는 대답은 좀처럼 나오지 않는다. 아름다움도 친절함도, 온화함도 품격도, 그 정도로 그윽하다.

결혼은 두 번째로 좋아하는 사람과 하는 거라고 어디선가 들은 적이 있는데, 미얀마를 여행하고 있으면 어쩐지 그 미신 같은 말이 납득이 간다. 가장 좋아하는 사람보다 두 번째 사람과 함께할 때 안정되고, 평온한 나날을 보낼 수 있다는 의미이리라. 미얀마는 말하자면 그런 곳이다.

비바 단체 여행
베네치아

여행을 거의 혼자 하는 편이다. 절대 다른 사람과 함께할 수 없다는 적극적인 선택이 아니라, 아무도 같이 가주지 않는다는 소극적인 이유에서다.

글 쓰는 일을 하고 여행은 언제나 혼자 간다고 하면, 단체 여행에 서툰 사회성 없는 인간이로구나 싶겠지만 실제로는 단체 여행을 좋아한다. 잘한다고도 생각한다.

나는 집합 시간에 결코 늦지 않고, 자유 시간이 돼도 누군가의 옆에 딱 붙어서 떨어지지 않고, 하루 일정을 마치고 해산한 뒤에도 한잔하자고 노래를 불러서 누군가와 마시러 간다. 나는 뿌리부터 단체 여행형 인재다.

그런 내가 격하게 힘들어하는 게 하나 있는데, 바로 단체 여행에 적합하지 않은 독립 독보형 인간이다. 이런 녀석들은 반드시 집합 시간에 늦고, 드디어 출발하려는 때에 화장실에 가고, 다시 만날 장소만 정해놓고 하루 종일 단독 행동을 하고, 들떠서 걷다가 문득 살피면 모습이 보이지 않는다.

이런 인간이 있어도, 특히 해외여행이라면 전체적으로 시간 여유가 있기 때문에 그리 문제가 되지 않는다. 레스토랑 예약에 늦든, 한 사람이 부족하든, 어쨌든 스케줄은 안온하게 이어진다. 하지만 나는 그 사람이 걱정스러운 나머지 속이 다 아플 지경이 된다. 그야말로 뼛속들이 단체 여행형 인재다.

바로 얼마 전, 일 때문에 단체 여행을 가게 됐다. 기간은 열흘, 행선지는 북이탈리아였다. 북이탈리아의 산을 트레킹한다는 기획이었다. 일본에서 출발하는 멤버는 나를 포함해서 다섯 명, 그리고 현지에서 세 사람이 합류하기로 했다.

일 때문에 여행을 갔다 온다고 했더니 친구 몇 명이 똑같은 말을 했다. "일 때문에 가면 잘 모르는 사람하고 같이 다녀야 해서 힘들어. 나는 전에 취재 여행을 갔다가 너무 힘들어서 혼자 빠져나와 걸어 다녔다니까. 개인 시간을 충분히 확보해두지 않으면 정말 피곤하니까 잘 빠져나오라고." 이러는 거였다.

말을 듣고 보니 과연 단체 여행형 인재인 나도 조금 불안해졌다. 멤버는 분명 거의 다 처음 만나는 사람이고, 목적이 트레킹이니 산기슭의 작은 마을에 계속 같이 있게 될 것이다. 게

다가 잘 모르는 사람과 열흘이나 같이 있는 건 난생처음이었다. 괜찮을까……. 이렇게 잔뜩 겁을 먹은 채 출발했다.

'이탈리아 산들을 트레킹한다'는 기획을 듣고 나는 머릿속으로 꽃이 흐드러지게 피고 녹음 짙은 숲속을 콧노래 부르며 산책하는 광경을 그렸었다. 좀 더 덧붙이자면, 밤이고 낮이고 맛있는 이탈리아 음식과 이탈리아 와인을 즐기는 상상을 했다. 이탈리아는 올봄에 갔다 왔지만 혼자였던지라 아무리 노력해도 한 끼에 두 종류밖에 먹을 수가 없었다. 와인은 아무리 노력해도 디캔터 사이즈였다. 그런데 이렇게 이탈리아 단체여행을 가다니! 여덟 명이라면 한 번에 적어도 여덟 가지는 나눠 먹을 수 있고, 와인은 적어도 세 종류는 즐길 수 있다. 단체로 열흘을 보내는 건 좀 불안하지만, 일 자체는 룰루랄라 콧노래가 나올 만큼 쉬울 거라고 생각했다.

그런데……. 나리타에서 출발하던 날, 북이탈리아에 눈이 내려 트레킹 예정이었던 산이 거의 설산이 돼버렸다.

트레킹 첫날, 설산을 오르는 데 필요한 엄청나게 무거운 신발, 등산 스틱, 눈을 막아주는 레그 워머 같은 걸 받았다. 상당한 중장비……에 갸웃하면서도 그것들을 모두 착장하고 이탈리아인 가이드(65세)와 함께 트레킹을 떠났다.

설산이라도 룰루랄라 할 수 있으리라 생각했다. 트레킹이란 그저 평지를 걷는 것뿐이니까. 그러나 걷기 시작한 지 10분 뒤, 콧노래의 키읔 자도 나오지 않는다는 사실을 깨달았다.

등산이었던 거다. 평지는커녕 설산 등산이었던 것이다. 꽃도 없고, 숲도 없고, 녹음도 없고, 눈에 완전히 파묻힌 바위산을 그저 묵묵히 오를 뿐이었다. 게다가 원래 바위산이기 때문에 길이 평탄하지 않았다. 오른발이 30센티미터 정도 눈에 파묻혔는데, 다음에 내디딘 왼발은 허벅지까지 푹 파묻힌다. 굴러다니던 크고 작은 바위가 눈에 덮여 평탄하게 보이는 것뿐이었다. 게다가 길이 엄청나게 급경사인 데다 두 사람이 지나치지도 못할 만큼 좁았다. 혹시나 뭔가에 걸려 미끄러지면 눈사람이 되어 수직낙하를 할 지경이다. 너무 위험한 지대는 가이드에게 구명줄을 묶고 걸었다.

그래도 날이 개어 있을 때는 그나마 나았다. 뭐야 이거, 현실이 아닌 것 같아, 어쩌지, 이렇게 웃으며 걸었는데 해가 점점 두꺼운 구름에 갇히고, 찬바람이 불고, 바람에 날리는 눈 때문에 시계가 하얘지고, 다들 쥐 죽은 듯 입을 다물 즈음 눈이 조금씩 내리기 시작하는 게 아닌가.

이탈리아인 포터가 풀 죽은 내게 빙그레 웃으며 초콜릿을 건넸을 때는 감사의 말보다 먼저 '조난……'이라는 단어가 뇌리에 떠올랐다. 포터가 초콜릿을 대량으로 갖고 있다는 건 조난 가능성도 있다는 의미로, 그런 초콜릿을 지금 주는 건 조난 직전이라는 의미가 아닐까 생각했던 것이다. 조금도 유난스러운 추측이 아니었다. 눈은 내리지, 앞은 안 보이지, 바람은 불지, 우리 말고는 아무도 없지, 오두막이나 인가 같은 건 안 보이지, 길도 눈 때문에 안 보이지, 등산도 설산도 처음인 나는 공포에 벌벌 떨 뿐이었다.

초콜릿은 정중히 거절하고 (지금 먹으면 정말 조난했을 때 곤란하다고 생각했다) 그저 계속 걷기만 했다.

결국 여섯 시간 정도 걷고 나서야 겨우 출발 지점인 오두막이 보이기 시작했다. 저절로 이렇게 중얼거리고 말았다. 아아, 죽지 않고 살아 돌아왔구나…….

하지만 트레킹은 이 하루로 끝이 아니다. 며칠에 걸쳐 다른 산을 오르기로 돼 있다.

뭔가 이야기가 다르잖아……. 내심 이런 생각을 하다가 그제야 퍼뜩 깨달았다. '트레킹'을 '워킹'으로 착각하고 있었다. 북이탈리아를 워킹한다고 착각한 거였다. '꽃을 꺾으며 숲속을 룰루랄라'는 워킹이다. 다른 건 애초에 이야기가 아니라 내 생각이었다.

하지만 기획자 측에서도 눈은 계산 밖이었던 모양이다. 어쨌든 다갈색으로 뒤덮인 바위산을 그리고 있었는데, 불과 하룻밤 만에 눈 덮인 풍경이 되고 말았다. 게다가 나만 오르게 하고 나머지는 오두막에서 기다리고 있을 수도 없어서, 여덟 명 전원이 산에 올랐다. 급경사도 여덟 명 모두, 눈이 내려 기가 막힌 것도 여덟 명 모두, 허벅지까지 눈에 파묻혀 구르는 것도 여덟 명 모두. 아마도 오두막이 보였을 때 죽지 않고 살아 돌아왔구나…… 하고 속으로 중얼거린 것도 여덟 명 모두였을 거다.

모두 합쳐서 네 번 산에 올랐다. 정확히 말해 한 번은 계곡이었지만, 그게 그거다. 말하자면 오르막 내리막이 있는 눈길을 오로지 걷는다.

가장 높은 곳은 3천 미터에 이르렀다. 발뿐 아니라 손을 쓰지 않으면 갈 수 없는 곳도 있었다(다시 말해 암벽등반 자세). 모두가 줄줄이 구명줄을 묶고 걸은 적도 있다. 아직까지도 초승달 모양으로 푹 팬 암벽을 오른다는 예순다섯의 가이드도 "이 길은 자주 오지만, 눈이 내렸을 때 오는 건 처음"이라는 길을 묵묵히 걸었다.

못 돌아가는 거 아닐까? 실제로 나는 몇 번이나 생각했다. 급기야 '몰라, 몰라'의 경지까지 갔다. '몰라, 몰라. 여기서 숨을 거둔대도 그 또한 어떤 인연이겠지. 자칭 여행 애호가로서 여행지에서 생을 마치는 것도 소원성취라고 생각하자. 게다가 다음 달 초순 마감인 소설도, 이제 막 쓰기 시작한 소설도 더 안 써도 되잖아' 하고 생각하는 지경에 이르렀다. 그렇게 생각해야 비로소 발을 내디딜 수 있는 곳이 몇 군데 있었다.

이런 여행이었다. 이 여행에 참가한 사람들은 단체 여행

멤버의 영역을 넘어섰다. 운명 공동체였다. 우리는 언제 어느 때든 함께였다. 아침도, 점심도, 저녁도, 휴식 시간의 차도 함께했다. 언제나 웃음이 끊이지 않았다. 매번 웃음의 도가니가 되는 식사 시간, 아아, 이 얼마나 멋진 사람들과 함께 있는지…… 하고 절절히 생각했다. 하지만 지금 돌이켜보면 다들 공포에 질려서 필사적으로 웃었는지도 모르겠다.

여덟 명이 함께 산에 오른 그때는 잠시도 '혼자 배회'하고 싶은 기분이 들지 않았다. 미적거리면서 어떻게든 그들과 함께 있고 싶었다. 다른 사람과 함께 있는 피로 따위 티끌만큼도 느끼지 못했다. 오후는 자유 시간이라는 소리를 들어도 뭘 해야 좋을지 몰랐다. 어쩔 줄 몰라서 산기슭에 있는 작은 마을을 느릿느릿 걸어 다니다가 저쪽에서 아는 얼굴이 다가오면 펄쩍 달려들고 싶을 정도로 기뻤다. 이 또한 공포에 질린 나머지, 평소보다 사람을 그리워한 때문이었는지도 모르겠다.

어떤 의미에서는 지옥의 설산 합숙이라고 할 만한 일정을 마치고, 우리는 도시로 내려왔다. 베네치아였다. 대단한 관광지였다.

이 대단한 관광지에서도 우리는 줄곧 다 함께 늘어서서 느릿느릿 걸었다. 각자 쇼핑을 하자는 이야기가 나와 집합 시간을 정하고 해산했는데, 그 시간에 가보면 벌써 모두 모여 차를 마시고 있기도 했다. 설산에서 맺어진 굳은 결속이 베네치아의 물보다도 강했던 것이다.

어쨌든 단체 여행은 좋은 구석이 있다. 설산만 빼면, 나는 이번 여행에서 아무것도 하지 않았다. 이 전차를 타고 베네치아에 갈 거예요. 매표소는 여기예요. 이렇게 시키는 대로 아무 생각도 하지 않고 따라가 모두와 함께 움직였다. 오늘은 박물관에 갈 거예요. 그러면 지도도 펼치지 않고 역시 사람들 뒤를 졸졸 따랐다. 점심이나 저녁을 어디서 먹을지도 누군가 정해주기 때문에 나는 멍하니 완전히 방심한 얼굴로 지시에 따랐다. 비행기 게이트가 변경됐다는 말을 듣고도 누가 바뀐 데로 데려다주기를 마냥 기다렸다. 열흘간 설산 이외의 곳에서 내가 한 일이라고는 메뉴판을 펼쳐보고 돼지를 먹고 싶어, 양을 먹고 싶어, 진한 와인을 마시고 싶어, 이렇게 지껄인 것뿐이다. 때로는 그것조차 하지 않고, 주문마저 남들에게 맡긴 채 음식이 맛있네, 맛있네 하고 볼이 미어지게 먹기만 했다. 그리고 그렇게 하는 게 나는 정말로 행복했다.

거의 혼자 여행을 다녔는데, 이게 얼마나 나와 어울리지 않는지를 이번에 깨달았다. 개인 여행은 나와 어울리지 않는다. 혼자서 전차를 타고 길을 헤매고, 호텔을 찾고, 표를 사서 미술관에 갔다가 식당에서 읽지 못하는 메뉴판을 바라보고, 홀로 식사를 하고 술을 마시는, 혼자서 여행하면 당연한 이 모든 일을 나는 엄청나게 무리해서 하고 있구나 싶었다. 이런 여행을 10년 넘게 해왔는데도 아직까지 이 모든 것에 익숙해지지 않은 채 단체 여행이 멋지다고 생각하다니, 인간이란 이 얼마나 모순된 생물일까.

저랑 같이 단체 여행 가실 분 안 계신가요? 독립 독보형 아닌 분 찾습니다. 제 위장을 위해.

그저 완탕일 뿐이지만
타이완

타이베이에 도착한 것은 밤, 그것도 꽤 깊은 시간이었다. 연인과 여행 중이었던 나는 저렴한 숙소를 찾아 인적 끊긴 길을 돌아다녔다. 겨우 한 집을 찾아내, 폐허 같은 빌딩 2층으로 올라가서 닫힌 게스트하우스 문을 두드렸다. 노파가 나와서 우리를 보고는 짧은 일본어로 부부냐고 물었다. 아니라고 대답하니 그럼 재워줄 수 없다고 딱 잘라 말했다. 깜짝 놀랐다. 부부가 아닌 남녀를 재워주지 않는 게스트하우스가 지구상에 존재하리라고는 상상도 해본 적이 없었다.

우리는 순순히 물러나지 않았다. 밤도 이렇게 늦었는데, 호텔도 못 찾겠고, 부탁이니 재워주세요. 지나가는 사람도 없는데 돌아다니는 것도 위험하고, 게다가 짐도 너무 무거워요. 하지만 노파는 부부가 아닌 남녀는 재워줄 수 없다고 고집했다. 결혼을 약속한 사이예요. 결국 우리는 그렇게 거짓말을 했다. "그래도 지금은 아니잖아. 그러니까 안 돼." 노파는 진지한 얼굴로 고개를 저었다.

우리는 또다시 심야의 거리를 돌아다녀야만 했다. 이렇게 타이완 일주 여행을 시작했다.

타이베이, 가오슝을 거쳐 타이둥에 갔다. 타이둥에서는 절에 묵었다. 울창한 숲속에 빨간색, 파란색, 노란색 원색으로 칠해진 절이 외따로 서 있었다. 마을 사람도, 스님도 모두 절에 있는 테라스에서 유유자적 차를 마셨다. 그 앞을 지나가면 언제든 이리 오라고 손짓해, 차를 대접해줬다. 테라스에서는 바다가 보였다.

절 안쪽에 합숙소처럼 작게 나뉜 방들이 있고, 우리는 그 중 한 칸에 묵었다. 놀랍게도 방에 다다미가 깔려 있었다. 침구는 이불. 여행지에서 다다미에 이불을 깔고 잔 건 처음이었다.

바다를 건너 뤼다오라는 작은 섬에 갔다. 6월이었는데, 벌써 여름방학인지 여행 온 타이완 사람들로 붐볐다. 어딜 가도 빈방이 없었다. 어쩐지 이번 여행은 계속 숙소 때문에 고생한다고 생각하며 잘 곳을 찾아 돌아다니는데 식당 아주머니가 경찰서에 가보라고 했다. 경찰관이 구해줄 거라고.

혹시 오늘 밤은 감옥에서? 이렇게 반신반의하며 섬에 외따로 서 있는 파출소에 가서 잘 곳을 찾는다고 말했다. 그러자 러닝셔츠를 입은 경찰관이 손짓했다. 그를 따라가니 파출소 뒤쪽에 여관이 있었다. 경찰 소유인지, 경찰관의 부업인지 알 수 없었지만, 넓고 깨끗해서 만족스러운 방이었다.

이 뤄다오는 정말 아름다운 섬이다. 바다가 어찌나 투명한지 들여다보면 헤엄치는 물고기가 뚜렷하게 보였다. 산도 있고, 바다에 면한 야외 온천도 있었다. 다른 아시아 여러 나라와 마찬가지로, 타이완 사람들도 좀처럼 남들 앞에서 맨살을 드러내지 않는다. 그래서 헤엄치는 사람도, 온천에 들어가는 사람도 없어서 조금 쓸쓸했다. 우리는 바이크를 빌려 매일 아이처럼 놀러 다녔다.

밤에 산책하다가 이상한 광경을 봤다. 해변 빈터에서 동그랗고 붉은 어렴풋한 빛이 희미하게 밤하늘을 향해 날아가는 것이었다. UFO인가, 귀신인가? 우리는 그 정체를 확인하러 달려갔다. 그러는 동안에도 하나, 또 하나, 붉은 빛이 떠올라 날아갔다.

빈터에는 사람이 잔뜩 있었다. 붉은 빛의 정체는 풍선 모양의 등롱이라고 해야 할까, 미니 기구라고 해야 할까. 어쨌든 붉은 제등 한가운데 불을 붙이면, 그게 둥실 떠올라 하늘로 날아갔다. 사람들이 차례차례 그걸 날려 보냈다. 그건 무수한 별이 반짝이는 밤하늘에 떠올랐다가, 어째서인지 도중에 휙 사라졌다. 우리는 빈터에 서서 붉은 빛들이 밤하늘을 둥둥 날아가는 것을 내내 바라봤다.

뤼다오에서 며칠을 보내고 돌아가는 배편을 사러 갔더니 한 시간마다 나가는 배가 이미 만석이었다. 섬에 더 있어도 되지만, 경찰관 숙소에 오늘부터 새로운 손님이 올 예정이라고 들었다. 빈방이 있는 숙소가 있을까? 난감해하고 있는데 젊은 남녀 그룹이 무슨 일이냐며 말을 걸었다. 영어와 필담으로 그럭저럭 사정을 설명했더니, 몇 명이 후다닥 달려가 우리 배표를 너무나 쉽게 구해다줬다.

이 그룹은 타이둥에 있는 대학 학생들로, 뤼다오로 세미나 여행을 왔다고 했다. 아직 표가 없는 학생이 있다고 해서 우리 표까지 사다줬다.

학생들은 배에 타게 해줬을 뿐 아니라 선착장에서 대학까지 가는 대형 버스에도 태워줬다. 도중에 큰 식당에서 점심을 먹기로 돼 있었는데, 여기에도 우리를 데려가줬다. 식당은 단체 관광객들로 북적였다. 나와 남자 친구는 대학생 그룹 원탁에 섞여 앉아서 야무지게 점심까지 얻어먹었다. 학생들은 운전사에게 부탁해 타이둥 전철역에서 우리를 내려줬다. 버스에서 내릴 때는 선물까지 쥐여줬다. 버스 창 안쪽에서 다들 웃는 얼굴로 손을 흔들었다. 동하이東海라는 대학의 학생들이었다.

타이둥에서 화롄으로 갔다.

모두가 여름방학 하면 떠올릴 법한 이미지를 그대로 그려 놓은 것 같은 곳이었다. 나무가 무성하고, 매미가 울고, 논과 밭이 펼쳐지고, 저 멀리 산릉선이 보이고, 띄엄띄엄 민가가 있었다. 시간은 느긋하게 흐르고, 변두리에는 작은 강이 흘렀다.

이 화롄에 완탕 맛집이 있었다. 정말 유명해서, 오전에 갔는데도 이미 가게 밖에까지 줄이 늘어서 있었다. 줄을 서 있자니 오로지 완탕만 만드는 장인의 작업장이 보였다. 장인은 손바닥에 피를 얹고 속을 넣어 꼭 쥐는 일을 엄청난 속도로 반복했다. 일본으로 돌아가 '완탕녀'가 되기 위해 그 동작을 자세히 관찰했다. 어려운 것은 하나도 없고, 손으로 꼭 쥐기만 할 뿐이었다. 문제는 속인데……. 이런 생각을 하고 있자니 드디어 가게에 들어갈 차례가 됐다. 이 가게, 메뉴가 오로지 완탕뿐이다. 여러 명이 원탁에 합석해 다들 완탕을 주문했다. 우리도 주문했다.

몇 분쯤 기다렸을까? 드디어 완탕이 나왔는데, 점원이 김이 모락모락 올라오는 사발을 우리보다 나중에 온 손님에게 가져갔다. 의문을 품을 틈도 없이, 원탁에 합석한 젊은 손님들, 옆 테이블에 앉은 역시 젊은 그룹이 완탕을 먹던 손을 멈추고 일제히 목소리를 높였다. "아니야, 아니야, 이쪽에 있는 일본인이 먼저야!" 그리고 사발은 무사히 우리 눈앞에 놓였다.

그때 나는 확신에 가까운 생각을 했다. 이 나라는 태평성

대를 이룰 것이다. 지금도 여러 문제가 있고 앞으로도 큰일이 많겠지만, 이 나라의 미래는 밝다. 무슨 일이 있어도 굳건하다.

뤼다오에서도 그랬지만, 이 가게에서도 우리 여행자들을 도와준 건 젊은 사람들이었다. 그저 완탕일 뿐이지만 "순서가 틀렸어!"라고 자기도 모르게 목소리를 높이는 젊은이들의 이 정의감. 그들이 짊어질 미래가 평안하고 태평하지 않을 리 없다. 이 나라에 사는 그들이 엄청나게 부러웠다.

완탕, 정말 맛있었다. 아침부터 줄을 늘어설 만했다. 속은 돼지고기 간 것과 다진 파, 이렇게 극히 간단한데 뒤로 넘어갈 정도로 맛있었다.

우리는 완탕으로 그득해진 배를 안고, 쑤아오라는 작은 도시로 갔다. 목적은 온천이 아닌 냉천이었다.

온천은 타이완 곳곳에 있지만, 냉천은 딱 한 곳, 이 쑤아오뿐이다. 쑤아오는 냉천 말고는 아무것도 없는 시골 냄새 물씬 풍기는 도시지만, 냉천을 하러 오는 사람들로 꽤 북적였다.

냉천이란 말 그대로 온천의 차가운 버전이다. 시영 수영장 같은 입구에서 입장료를 내고, 수영복으로 갈아입은 다음 대욕장으로 갔다. 바위 수영장 같은 직사각형 물에 남녀 할 것 없이 몸을 담그고 있었다. 살살 발을 넣으니 깜짝 놀랄 만큼 물이 찼다. 어깨까지 물에 담갔다. 물이 탄산수처럼 보글보글 피부에 달라붙었다.

냉천 체험은 처음이었는데, 정말 느낌이 이상했다. 물이 차가워 온몸에 닭살이 돋았는데, 가만히 참고 앉아 있으니 몸의 중심 부근이 점점 따끈따끈해졌다.

수영장식 냉천은 함석지붕이 있기는 하지만 실외로, 햇빛이 비스듬히 수면을 비췄다. 멀리, 선명하게 녹색 산들이 보였다. 매미 울음소리가 메아리치다가 어딘가로 빨려 들어간 것처럼 갑자기 사라졌다.

냉천욕을 마치고 화장실에 가서 일을 보고 나가려는데 문이 열리지 않았다. 밀어도 당겨도 열리지 않았다. 분명 또 친절한 젊은이가 도와주겠지 싶어, "문이 안 열려요. 도와주세요!" 하고 일본어로 외쳤다. 그런데 공교롭게도 가까이에 아무도 없는지 고요했다. 남자 친구도 어디에 있는지 도우러 오지 않았다. 나는 죽기 살기로 화장실 변기 위에 올라서서, 위쪽에 매달려 턱걸이를 하듯 기어 올라가 다리를 걸고 가까스로 탈출했다. 기껏 냉천에서 반질반질해진 몸이 먼지와 긁힌 상처투성이가 됐다. 젊은이들에게 도움을 받아 평온하고 순조롭게 헤쳐온 이번 여행, 화장실에서 이런 난관이 기다리고 있을 줄이야…….

타이완 버스는 어디에서건 폭력 버스다. 운전사가 폭력을 휘두르는 게 아니라 폭력적일 정도로 거세게 내달린다. 손잡이가 흔들리고 또 흔들려서 버스 천장에 탁탁 부딪힐 정도다. 앉아 있어도 엉덩이가 하늘 높이 떠오르고, 서 있으면 봉변을 당한다.

여행 막바지, 타이베이로 돌아온 우리는 저녁에 룽산스龍山寺에 가려고 버스에 탔다. 덜컹덜컹 흔들리며 가는 도중에 버스를 잘못 탔다는 걸 깨달았다. 로데오 쇼를 하는 것처럼 가이드북을 펴고, 욕지기를 참으며 지도를 들여다보고, 어디서 내리면 룽산스행 버스를 탈 수 있는지 궁리하는데 엄청나게 아름다운 젊은 여자가 "무슨 문제 있으세요?" 하고 유창한 영어로 말을 걸었다.

"길을 잃었어요." 우리는 필사적으로 호소하며 가이드북을 내보였다. 이 절에 가고 싶어요. 그런데 어디서 내려야 좋을지 모르겠어요. 여자만큼 영어가 유창하지 않은 우리는, 영어를 더듬거리며 노트에 필사적으로 한자를 적어 그렇게 전했다. 여자는 대지진이 난 것처럼 흔들리는 폭력 버스에 타고 있지 않은 듯 우리 노트에 가는 길과 버스 번호를 술술 여유롭게 적어줬다.

그 지도를 들여다보는 우리 얼굴이 아무래도 불안해 보였는지, 여자가 우리와 함께 버스에서 내렸다. 룽산스행 버스가 서는 정류장으로 데려가, 버스를 기다렸다가 버스가 오자 운전사에게 우리를 룽산스 부근에서 내려달라고 당부하고, 우리가 버스에 타는 것까지 지켜보고는 훌쩍 어딘가로 갔다. 여행신의 화신 같은 사람이었다.

타이완, 역시 미래가 밝다. 아무리 고령화 사회가 돼도, 인구 감소로 골머리를 앓아도, 정치가 엉망진창이 돼도, 범죄가 많이 발생해도 이 나라는 반드시 문제를 극복하고 평화를 거머쥘 것이다. 그런 생각을 한층 굳히며 여행을 마쳤다.

귀국 후, 속을 싸서 꽉 쥐는 방법으로 완탕을 만들어봤다. 뭐가 다른지, 역시 그 가게만큼 맛있지는 않았다. 여행에서 만난 믿음직스러운 젊은이들의 얼굴을 떠올리며, 별맛 없는 완탕을 남자 친구와 먹었다.

어둠 속에 스미어 있는 밤의 냄새
아일랜드

"주민 행세를 해보자!"라는 것이 아일랜드 여행의 목적이었다. 그래서 코크라는 작은 도시의 학생 아파트를 한 달 빌렸다. 아무것도 하지 않고 한 달을 지내기도 꽤 힘들 것 같아 영어 학교를 다니기로 했다. 아파트에서 학교까지 걸어서 10분 정도 거리였다.

코크는 정말 작다. 중심가에서 10분만 걸으면 활기 없는 변두리다. 반대쪽으로 걸으면 강에 가로막힌다. 강변에는 가게가 몇 군데 있지만, 거기를 지나면 또 변두리다.

내가 이 도시에 내려서서 아파트에 도착한 건 밤 9시 조금 넘어서였다. 목이 바싹 말라 룸메이트인 미국인 세 명에게 "편의점은 어디야?"라고 말했을 때 모두 이상한 표정을 지었던 기억이 난다.

"뭐 필요한 게 있어?"

"목이 말라서."

그러자 그들이 홍차를 타줬다. 며칠 지나고 나서야 겨우 이 도시가 편의점이 있을 정도의 도회지가 아니라는 사실을 깨달았다.

코크는 카페오레볼(커피나 차, 핫초코 같은 음료를 담아 마시는 우묵한 그릇)처럼 생겼다. 바닥 부분은 작은 번화가고, 거기서 사방으로 퍼지는 경사지는 모두 주택가였다. 내가 빌린 아파트는 강변에 있었다.

아일랜드에는 가는 곳마다 펍이 있다. 버스 정류장이 하나밖에 없는 시골에도 버스 정류장 옆에 펍이 있다. 코크도 펍 천지였다. 아파트 1층에도 펍이 있었다.

매일 9시에 학교에 가는, 오랜만에 맞은 건전한 나날 속에서 펍의 유혹을 이겨내기란 대단히 힘들었다. 어쨌든 나는 그때 서른이었다. 날이 지기 시작해 갈매기가 낮게 날며 강에 짙은 그림자를 드리울 즈음이 되면 노트와 사전과 담배를 들고 금연 아파트를 빠져나와 들뜬 마음으로 펍에 갔다. 갈 데는 정하지 않고, 그날 기분에 따라 여기도 갔다 저기도 갔다 했다.

어느 펍이든 텅 비어 있었다. 아일랜드 사람은 다들 펍에서 술을 마신다고 생각했는데, 일본 하면 게이샤를 떠올리는 것 같은 오래된 편견일까? 이런 생각을 하며 난로 옆자리에서 조용히 숙제를 했다. 흑맥주는 묵직해서 겨울과 잘 어울린다. 맥주는 미지근해지기 전에 거의 단숨에 비우는 식으로밖에 마실 줄 몰랐는데, 1파인트짜리 맥주를 글라스 안쪽에 갈색 물결선이 남는 것을 바라보며 천천히 마시는 방식이 신선했다.

텅 빈 펍의 수수께끼는 곧 풀렸다. 7~8시는 펍의 세계에서 개점휴업과 매한가지인 시간대다. 9시쯤 돼야 겨우 손님이 들기 시작해 10시가 되면 가게가 바글바글 붐빈다. 집에서 식사를 한 다음 마시러 오는 게 일반적이다. 현대의 아일랜드 사람도 다들 펍에서 술을 마신다.

매주 주말, 학생들이 모이는 술자리가 있었다. 8시에 모여 우르르 펍으로 몰려갔다. 학생들은 나라도 나이도 제각각이라, 열여덟 살 스페인 소녀도, 스물다섯 살 스위스인도, 예순 살 일본인도 있었다. 중순에는 이탈리아 군인들이 대거 입학하기도 했다. 발 디딜 틈 없는 펍에서 우리는 얼굴을 맞대고 목소리를 높여 익숙하지 않은 영어로 이야기를 나누고, 배꼽을 잡고 웃었다. 10시에는 정말 어느 펍이나 초만원이어서, 나는 이따금 코크를 걱정했다. 이렇게 사람들이 여기 넘쳐나니 아마도 주택가는 거의 텅 비었겠지. 빈집털이가 이 시간대에 도시를 노리면 어느 집이든 손쉽게 당할 텐데. 모두가 펍에서 술에 취해 있으니 당연하다.

코크에 있는 펍을 거의 다 제패했다……고 말하고 싶지만, 이렇게나 작은 도시에 펍이 무수히 많았다. 매일 펍에 간 나조차도 3분이 1정도밖에 답파하지 못했을 거다. 놀랍게도 느낌이 안 좋은 펍이 한 군데도 없었다. 오래됐든 유명하든 고급스럽든, 어디나 마치 집처럼 편안했다. 아일랜드 어디나 마찬가지였다. 그 뒤로도 손님에게 안 좋은 인상을 주는 속물적인 가게는 한 번도 본 적이 없다.

월요일 1교시, 선생님은 교실에 들어오자마자 자주 "술 냄새!"라고 외치며 창문을 열어젖혔다. 확실히 그 정도로 다들 많이 마셔댔다.

아일랜드에서는 유령 이야기도 많이 들었다. 박물관에 갔는데, 거기서 일하는 노부인이 진지한 얼굴로 설명했다.

"4월에 비 내리는 날, 유령이 나와요. 여자 유령이 흐느끼는 소리가 빗소리에 섞여 들려와요. 몇 명이나 들었어요. 나도 이 귀로 똑똑히 들었어요."

펍 주인은 건물 위층 여관에 유령이 산다고 슬그머니 가르쳐줬다. 학교 선생님까지 어디어디에 있는 호텔에 유령이 있다며, 수업 중에 득의양양한 얼굴로 알려줬다.

그런 이야기 모두를 나는 곧이곧대로 믿었다. 확실히 그럴 것 같았다. 오전 내내 화창하다가 낮에 비가 내리기 시작하더니 몇 분 뒤에는 구름 사이로 햇빛이 쏟아졌다. 이런 식으로 날

씨가 하루에도 몇 번씩 정신없이 변하는 오래된 도시에는 유령이 분명 인간과 공존할 법했다. 복닥거리는 펍에 있다가 사람들을 헤치고 오래된 화장실에 들어가 형광등 불빛이 구석구석 비추는 괴괴한 공간을 빙 둘러보면, 어쩐지 우리와 꼭 닮은 존재가 지나간 것 같은 기척이 느껴졌다. 화장실을 나와서도, 어두컴컴한 조명 아래 서서 한 손에 잔을 들고 이야기 삼매경에 빠져 있는 사람들 속에 우리와 꼭 닮은 존재가 섞여 있는 것 같은 착각이 들었다. 맥주 좋아하는 사람을 좋아하고, 삶에 집착하고, 슬픔과 기쁨을 아직까지 기억하는 뭔가가 어둡고 북적이는 펍에 잔뜩 섞여 있을 것 같았다. 유령이 있어도 조금도 이상할 것 같지 않고, 그 당연한 느낌 때문에 무서움도 생기지 않는다. 이는 아일랜드라는 장소의 작은 개성이 아닐까 한다.

작은 도시 코크의 밤이 아직도 생생하다. 12시가 넘으면 문을 연 가게는 펍 말고는 거의 없고, 돌아다니는 사람도 없고, 달리는 차도 전혀 없고, 너무나 고요한 가운데 오직 오렌지색 가로등만이 납작한 돌이 깔린 길을 비춘다. 매일같이 마신 나는 그 도시를 총총 달려 아파트로 발걸음을 서둘렀다. 슈퍼마켓도 책방도 잠들었다. 옅은 조명이 일찌감치 크리스마스 분위기로 장식한 백화점 쇼윈도 안 예수 탄신 인형들을 드러냈다.

밤에 걸으면 마을을 뒤덮은 이상한 냄새가 났다. 살짝 달콤한, 그러면서도 소다처럼 아주 조금 날카로운 냄새. 그건 어둠에 촉촉이 스며들어 있어 아무리 걸어도 사라지는 법이 없었다.

"맥주 공장 냄새야."

어느 날, 스페인 커플이 가르쳐줬다. 데이비드와 라우라라는 커플이었는데, 데이비드가 나와 같은 학교에 다녔다. 두 사람은 아파트를 빌려 함께 살았다. 두 사람 모두 나보다 어렸는데, 술자리가 늦어지면 연상의 일본인 여자를 걱정해 언제나 아파트까지 데려다줬다. 나를 가운데 두고 오른손은 데이비드가, 왼손은 라우라가 잡고 고요한 도시를 걸었다. 그러던 어느 날, 두 사람이 도시를 둘러싼 달콤한 냄새 이야기를 꺼냈다.

"이 도시에는 아일랜드에서 가장 큰 흑맥주 공장이 있어. 이 냄새는 거기서 풍기는 거야. 낮에도 물론 나지만, 아무도 몰라. 밤이 되면 냄새가 한층 진하게 느껴지지."

맥주 냄새 때문에 밤만 되면 술에 취한 것 같았다. 인적이 전혀 없는 밤길도, 그래서 전혀 무섭지 않았다. 분명 낮보다 활발하게 돌아다닐 수많은 유령도 아일랜드에서 가장 큰 공장에서 흘러나온 맥주 냄새에 가볍게 취해 있을 테니.

한 달간의 아파트 계약이 끝나고, 나는 클래스메이트와 룸메이트의 배웅을 받으며 코크를 뒤로했다. 본격적인 겨울에 들어가려는 아일랜드를 여행할 작정이었다.

코크에서 장거리 버스를 타고 딩글로 향했다. 버스에는 온통 노인뿐이었다. 모두 앞쪽에 몰려 앉아 레이스를 뜨기도 하고, 과자를 먹기도 하면서 운전사와 이야기를 나눴다. 버스가 도시를 빠져나와 녹색 들판 펼쳐진 목초지를 휙휙 달려 완만한 언덕을 올라갔다. 날씨는 여전히 불안정해서, 버스가 달리는 이곳은 흐린데 언덕 저쪽은 눈부시게 맑아 지상으로 빛줄기가 내렸다.

집 한 채 보이지 않는 목초지 한가운데 덩그러니 버스 정류장이 있었다. 버스 정류장 옆에는 꼭 펍이 있다. 버스가 버스 정류장으로 다가가자 펍에서 노인이 나와 버스에 올라탔다. 전 좌석이 나누는 이야기에 또 한 사람이 합류하고, 버스는 수다 소리를 가득 채우고 또다시 출발한다.

버스가 산을 넘었을 때의 광경은 아직도 잊히지 않는다. 녹색 평원이 곧게 펼쳐지다가 도중에 바다로 변했다. 그리고 바다는 저 멀리, 그 너머까지 펼쳐졌다. 그 너머에서 바다는 하늘과 하나가 됐다. 이쪽 하늘은 흐리고 저쪽 하늘은 쾌청했다. 버스 차창으로 땅과, 바다와, 표정 다양한 하늘이 하나로 이어진 모습이 한눈에 들어왔다. 울음이 터질 것만 같았다. 실제로 조금 울었다. 광경에 압도당해 울다니, 난생처음이었다. 얼마나 아름답던지. 하지만 앞에 모여 앉은 노인 그룹은 그런 경치가 익숙한 듯 창 쪽으로 흘깃 눈길 한번 주지 않고 여전히 레이스를 뜨고, 과자를 먹고, 수다를 떨었다. 그 광경 역시 아름다웠다.

딩글에서는 관광객을 전혀 볼 수 없었다. 평소 그대로의, 심심하고 조용한 시간이 펼쳐지는 작은 마을이었다. 반도로 가는 버스는 동계 휴업 중이었다. 히치하이킹으로 갈까 했는데, 숙소 주인이 반대했다. "위험하니까 그만둬요." 나쁜 사람 차에 타면 어떻게 하느냐는 걱정이 아니었다. 만에 하나 반도까지 히치하이킹으로 갈 수 있다 해도 돌아오는 차를 만나지 못하면 위험하다는 뜻이었다.

어쩔 수 없이 심심하고 조용한 시간이 흐르는 작은 도시를 뱅글뱅글 돌아다녔다. 펍만 많은, 특별한 것 없는 도시였다. 실처럼 가느다란 비가 내리기 시작해, 도시에 딱 하나 있는 영화관으로 몸을 피했다. 매표소에서 표를 사니, 다음 영화 전단과 함께 갱지 쪽지를 줬다. 디즈니 영화가 걸려 있었는데 영화관은 방과 후 수업을 온 듯한 어린이들과 젊은 인솔자 몇 명으로 거의 꽉 차 있었다. 마이크를 든 여자가 스크린 앞에 서서 아이들에게 뭐라고 말하고 있었다. 아이들이 이따금 환성을 질렀다. 나는 그 모든 것에 관심이 없었다. 여행자가 전혀 없는 탓에 이 도시에서 벌어지는 일은 나와는 전혀 관계 없다고 생각했다. 내일 갈 도시에도 여행자는 없겠지. 내가 가고 싶은 곳으로 가는 버스는 동계 휴업이겠지. 그때 마이크를 든 여자가 어떤 번호를 거듭 불렀다. "36번, 36번, 없어요? 36번!"

그제야 영화관에서 무슨 행사를 진행하고 있다는 사실을 깨달았다. 추첨이었다. 매표소에서 받은 갱지에 번호가 매겨져 있는데, 마이크를 든 여자가 번호를 부르면 선물을 받는 거였다. 36번은 없었다. 그다음으로 43번이 불렸다. 환성이 터지고, 작은 아이가 앞으로 나가 리본 달린 종이봉투를 받았다. 51번! 추첨이 이어졌다. 나는 머뭇머뭇 내가 쥐고 있는 갱지를 봤다. 36번이었다.

영화관에서 상상한 대로, 그 뒤로 빙 돌아본 아일랜드는 더블린을 빼고 어디든 텅 비었고, 사람들은 변화라곤 없는 심심한 나날을 보내고 있었다. 시도 때도 없이 비가 오다 흑맥주를 마시는 사이에 맑게 개고, 어느 마을이나 유령이 떠돌아다닐 것 같은 분위기였다.

주민 행세를 했던 코크에서의 나날 덕분에 아일랜드는 지금까지 여행한 곳과는 조금 다른 느낌으로 마음에 남아 있다. 그리운 마음이 각별하고, 그렇다고 해서 정말 좋아하는 마음과도 미묘하게 다른 감정이다. 또 가고 싶다고 생각하면서도, 도시가 어떤 식으로 따분한지 훤히 알기에 그만 다음번으로 미루고 만다. 그리고 이 기억 속에서 주민처럼 산 나도, 인적 없는 도시를 여행한 나도, 갈 곳 잃은 유령처럼 느껴질 때가 있다. 36번이라 불려도 나서지 못하는 형체 없는 유령처럼. 그건 조금도 슬픈 기분이 아니라, 굳이 말하자면 유쾌한 기억이다.

밤에 걸으면 마을을 뒤덮은
이상한 냄새가 났다.
살짝 달콤한, 그러면서도 소다처럼
아주 조금 날카로운 냄새.

싫다, 싫다…… 좋다?
상하이

숙소와 항공권이 세트인 패키지투어를 처음으로 혼자서 신청한 것은 중국에 갈 때였다.

여행기나 가이드북만 보면, 중국은 여행하기 정말 성가신 땅이다. 열차 티켓을 사는 것도 고생이고, 버스에 타려면 결사의 각오가 필요하고, 오후에 찾기 시작한 숙소를 한밤중까지 찾아다니고……. 그런 이미지다. 여행은 좋아하지만, 성가신 건 일체 사절하고 싶은 나는 여행 정보지를 사서 본 다음, '상하이 닷새. 공항부터 호텔까지 픽업 버스 서비스. 상하이 잡기단(판다 공연 있음) 초대권 포함'이라는 엄청나게 싼 패키지투어를 신청했다.

매번 그렇지만, 중국에 대한 지식이라곤 (성가실 것 같다는 것 외에는) 전무했다. 더운지, 추운지조차 몰랐다. 출발은 2월이었다. 배낭에 짐을 꾸리던 나는 문득 스웨터를 가져가야 할지, 반팔을 가져가야 할지 고민했다. 그래서 세계지도를 펼쳐서 상하이가 어디 있는지 확인했다.

상하이는 대략적으로 오키나와 옆에 있었다. '좋아라, 덥구나' 하고 납득하고, 어차피 닷새뿐이라며 얇은 셔츠를 한두 장 넣고 여행 준비를 마쳤다. 배낭에 아무것도 들지 않은 것과 매한가지라서, 패키지여행은 아~무것도 준비하지 않아도 되니 편하구나 싶어 신이 났다.

나리타를 출발해서 거의 한밤중에 2월의 상하이에 내려섰다.

평소 같으면 불안해서 울먹울먹하며 버스나 택시 정류장을 찾아 걸어 다녔겠지만, 이번은 픽업 버스 패키지여행이다. 교통수단을 따로 찾을 필요 없이 도착 로비에서 어슬렁거리며 내 이름이 적힌 간판을 든 누군가를 찾기만 하면 된다.

……그런데 없다. 이름과 호텔이 적힌 종이를 들고 서서 게이트를 빠져나오는 여행자를 살피는 중국인은 많았지만, 그 어디에도 내 이름은 없었다. 사람들로 붐비는 로비를 내 이름을 찾아 돌아다녔다.

그러는 동안, 어느샌가 로비에서 사람 그림자를 거의 볼 수 없게 됐다. 상하이에 내린 사람들은 마중 나온 사람들을 따라 어딘가로 가버렸다. 시계를 보니 벌써 12시가 지났다. 텅 빈 로비에 서서, 그제야 아무도 마중 나오지 않았다는 사실을 받아들였다.

터벅터벅 택시 정류장으로 향했다. 밖은 캄캄한 데다 추웠다. 일본이 겨울이라 다운재킷을 입고 출발해서 다행이었다. 하지만 다운재킷 아래는 구멍이 숭숭 뚫린 여름 스웨터뿐이다. 이상하네. 지도를 보니 오키나와 옆에 있던데 왜 이렇게 추워……. 다운재킷 앞섬을 단단히 여며 쥐고 택시 정류장에 서서 제자리에서 발을 동동 굴렀다.

택시 정류장에도 사람이 없었다. 게다가 택시도 없었다. 어떻게 된 거야. 울음이 터질 것 같았다.

뭘 물어보려고 해도 사람 그림자도 보이지 않았다. 어쩔 수 없네. 한번 울어볼까. 이런 생각을 하고 있는데 어둠 속에서 아주머니가 나타났다. "당신, 여기서 뭐 해요? 호텔로 가려고요?" 중국어 억양이 섞인 영어로 물었다. "맞아요. 픽업 차가 와야 하는데 오지 않았어요. 택시도 없고 어쩔 줄 모르겠어요." 일본어 억양이 섞인 영어로 설명했다.

아주머니가 나를 손짓해 불렀다. 호텔 이름을 묻더니 가까우니까 데려다준다고 했다. 몇 미터 떨어진 곳에 서 있는 밴의 운전석에 아저씨가 앉아 있었다. 이 두 사람은 부부로, 여행에서 돌아온 아주머니를 아저씨가 마중 나온 모양이었다.

낯선 부부의 차가 나를 태우고 새카만 어둠 속을 달리기 시작했다. 가도 가도 길은 어둡고, 주위에 뭐가 있는지 전혀 알 수 없고, 이따금 전등이 켜져 있긴 했지만, 그래도 주위에 뭐가 있는지 잘 알 수 없기는 마찬가지였다. 운전석과 조수석에 앉은 부부는 쉬지 않고 중국어로 이야기를 나누고, 뒷좌석에 있는 내게는 전혀 말을 걸지 않았다.

불빛이 조금 늘어나고, 무뚝뚝하게 생긴 주택단지가 이어지고, 풍경이 도시 같아졌을 때 갑자기 차가 섰다. 창에 얼굴을 붙이고 밖을 내다봤다. 가로등과 주택단지, 정면 폭이 좁은 식당이 있을 뿐이었다. "여기가 우리 집이에요. 짐을 좀 내리고, 호텔까지 데려다줄 테니까 조금 기다려요." 아주머니는 이렇게 자기 할 말만 하고, 아저씨와 둘이서 밴의 트렁크에서 어마어마하게 많은 짐을 꺼내 식당 안으로 옮겼다.

손님이 거의 없는, 종업원조차 보이지 않는 썰렁한 식당 앞에 놓인 냄비에서 김이 올라오고 있었다. 그걸 지그시 바라봤다. 호텔에 무사히 도착할 수 있을까? 다른 데로 데려가는 걸까? 더 이상 생각하기도 귀찮아, 밤 속으로 몽실몽실 피어오르는 그 김을 보며 이곳에도 삶이 있구나, 그런 생각을 했다.

짐을 다 내린 부부가 돌아와 또다시 쉴 새 없이 이야기를 나누며 차를 몰았다. 아무래도 무사히 호텔에 갈 수 있겠다. 그런 생각을 하기 시작했을 때 인적도 없고 달리는 차도 없는 넓은 도로 양쪽이 갑자기 빛의 홍수처럼 밝아졌다. 네온사인이었다. 길 양쪽으로 빌딩이 즐비하고, 가로로 세로로 비스듬하게 튀어나온 네온사인이 밤을 눈부시게 비추고 있었다. 사람 하나 없이 조용한 가운데 네온 요란한 도로가 쭉 뻗어 있는 가공의 도시처럼 느껴졌다. 어디에도 없는 과거의 도시.

어느 빌딩 앞에서 차가 멈춰 섰다. "여기가 당신 호텔이에요. 그럼 잘 가요." 아주머니는 무심하게 말하면서 나를 내려줬다. "고마워요, 정말 고마웠어요"라는 내 말을 끝까지 듣지도 않고, 차는 유턴해 조용한 거리로 돌아갔다.

다음 날 아침, 여행 대리점 인간이 당당하게 나타났다. 짧은 일본어로 "어제 못 가서 미안해요. 상하이 잡기단 공연은 시설이 공사 중이어서 중지예요"라고만 말하고 돌아갔다. 중국이란……. 그의 뒷모습을 바라보며 중얼거렸지만, 그다음 말은 떠오르지 않았다.

매일, 상하이 거리를 걸었다. 지도에서는 오키나와 옆이었는데 어째서인지 정말 추웠다. 가져간 얇은 옷을 모두 껴입고, 다운재킷 지퍼를 턱밑까지 잠그고, 덜덜 떨면서 걸었다. 어디를 가든 사람들로 북적였다.

처음 간 중국은 하나부터 열까지 상상한 그대로였다. 그 하나하나에 깜짝 놀라면서도 낯선 곳이라는 느낌은 들지 않았다. 아침, 와이탄 지구에서는 노인들이 사교댄스를 추거나 태극권을 했다. 차도에는 차보다 자전거가 더 많았다. 길 가는 사람은 힘차게 가래를 뱉고, 버스 정류장에서는 사람들이 북적이다가 버스가 도착하면 일제히 달려들어 아비규환을 빚었다.

의외였던 건 난징루(현재의 난징둥루)의 번화함이었다. 내가 밤에 본 빛의 도로가 이 거리였다는 걸 바로 알았다. 백화점, 패션 빌딩이 늘어서 있고, 공산주의 국가라고는 믿기지 않을 만큼 화려했다. 공산주의 국가라고 하면 '모양만 백화점'이라는 이미지가 떠오른다. 텅 빈 백화점에는 유리 진열장만 정연하게 늘어서 있고, 그 안에는 먼지 덮인 상품이 들어 있다. 손님은 그 유리 진열장을 들여다보며 걷는다. 만져보거나 값을 알아보는 건 불가능하고, 원하는 게 있으면 진열장 안쪽에 있는 무뚝뚝한 점원에게 "이거 보여줘요" 하고 부탁한다. 하지만 난징루의 백화점은 신주쿠나 시부야와 전혀 다르지 않았다. 어느 점포든 세련된 물건이 다양하게 진열돼 있고, 어디든 사람으로 북적였다.

난징루에 인민공원이라는 꽤 큰 공원이 있었다. 입구에는 노점이 몇 개 있어서 아이스크림, 볶은 콩 등을 팔았다. 여기서 고기 꼬치를 사서 공원 안으로 들어갔다. 이 고기 꼬치가 의외로 맛있었다. 납작하게 만든 돼지 안심을 바삭하게 구워서 꼬치에 꿴 것으로, 파프리카 맛과 카레 맛이 있었다. 이 꼬치를 후후 호호 먹으며 공원을 산책했다. 특별한 뭔가가 있는 것도 아닌데,

이 공원 역시 어린아이를 데리고 나온 부부, 노인으로 붐볐다. 바비큐 광장처럼 생긴 마작 광장이 있었다. 마작을 하는 정사각형 탁자가 움직이지 않게 바닥에 고정돼 있었다. 햇빛 비치는 마작 광장의 탁자란 탁자는 죄다 노인들이 차지하고 있었다.

상하이를 내 안의 어디에 둬야 할까. 인민공원을 걸으며 생각했다. 간단히 말해 좋아할지 싫어할지 정하지 못하고 있었다. 며칠 지낸 것만으로도 중국인의 무뚝뚝함에 조금 질린 상태였다. 중국어는 원래 화난 것처럼 들리는데, 그걸 감안하더라도 몇몇 중국인은 정말로 화를 냈다. 와이탄 지구, 고기만두나 두유를 파는 노점에서는 내 주문을 잘 알아듣지 못하겠는지 주인이 화를 내거나 때로는 무시했다. 어떻게든 애를 써서 원하는 것을 사고 돈을 내면, 거스름돈을 던지듯 내줬다. 또 노인이나 중년은 남녀 할 것 없이 정말 가래를 잘 뱉었다. 사선을 그리듯 뱉었는데, 내 신발에 몇 번 맞았다. 내게 침을 뱉은 것만 같아 찜찜했다. 뭘 사도 감사하다는 말을 들은 적이 없다. 미소조차 본 적이 없다. 이런 나라는 어디에도 없으리라.

공원에서 그런 생각을 하다가 너무 추운 나머지 소변이 마려워져 화장실에 갔다가 깜짝 놀랐다. 말로만 듣던 문 없는 화장실이었다. 여자 화장실에 들어가니 문 없이 도랑이 한 줄 있었다. 그 도랑에 다들 한 줄로 나란히 쪼그려 앉아 일을 봤다. 도랑에 생리대도 대변도 흘러갔다.

이야기는 들은 적이 있다. 하지만 여기는 백화점이 늘어선 근대적인 거리에 있는 공원이다. 느낌상으로는 명품 브랜드 쇼핑백을 든 부녀자가 롯폰기힐즈 맞은편에서 엉덩이를 드러낸 것과 비슷했다. 앞사람(젊은 미인)의 엉덩이를 보며, 또 뒷사람에게 엉덩이를 보이며, 여기는 좋다든가 싫다든가 하는 수준을 초월한 것 같다는 깨달음에 가까운 기분을 맛봤다.

눈부시고 화려하고, 오래된 것은 뭐든 싹 치워버린 것 같은 근대적인 도시, 그러나 무심코 골목으로 들어가면 시간여행을 온 듯한 광경이 펼쳐진다. 건물에서 수평으로 튀어나온 봉에 널린 셔츠나 수건이 휘날리고, 물 고인 진창길이 이어지며, 묵직한 과거가 침전해 있다. 골목이 구불구불 이어지다가 느닷없이 무수히 많은 자전거가 쏟아지듯 폭주하는 대로가 나온다. 화장실에서 그랬던 것처럼 이 도시 역시 좋고 싫음을 초월한 느낌이라 어느 쪽으로도 정하지 못한 채, 이 골목 저 골목을 마치 시간을 누비듯 걸었다.

한자를 쓰는 나라니까 의사소통은 식은 죽 먹기라고 생각했는데, 대단한 착각이었다. 식당에 가서 메뉴를 한 줄도 읽지 못했다. 마지막 날, 가족 단위 손님들로 북적거리는 가게에서 메뉴에 적힌 글자를 하나도 읽지 못한 나는, 노트를 꺼내 조심스럽게 '餃子(만두)'라고 써서는 옆에 딱 붙어서 주문을 기다리는 언니에게 보여줬다. 뜻이 전해진 모양이었다. '炒飯(볶음

밥)'도 써봤다. 언니가 무뚝뚝하게 고개를 끄덕였다. 볶음밥과 양이 어마어마한 물만두가 나왔다. 좋아하든 싫어하든, 중국 음식은 역시 맛있었다. 어디서 뭘 먹어도 맛있었다. 하지만 물만두는 양이 너무 많았다. 다 먹지 못하고 계산을 마치자 언니가 험악한 얼굴로 뭐라고 했다. 아아, 화났나 봐……. 움츠러들었는데, 언니가 비닐봉투를 가져와 내가 남긴 물만두를 하나하나 담았다. 국물이 새지 않도록 비닐을 몇 겹씩 쌌다. 그러고는 여전히 대륙 특유의 무뚝뚝한 얼굴로 "갖고 가요" 하고 내게 내밀었다. "셰셰." 내가 웃으며 감사 인사를 건네자 웃지도 않고 고개를 한 번 까딱였다.

다음 날 아침, 또 바람맞는 것 아닌가 걱정했는데, 여행 대리점 사람이 정확히 데리러 왔다. 어젯밤에 남긴 물만두를 가방에 넣은 채 스쳐 지나가는 난징루를 바라봤다. 여전히 눈부시게 화려하고, 구석구석까지 사람들로 붐비고, 버스를 타기 위한 사소한 사투가 벌어지고, 자전거 군단이 차를 추월하고, 과거로 이어지는 골목 입구가 여기저기에 열려 있었다.

두 번 다시 안 오겠지. 결코 불쾌한 기분이 아니라, 어딘지 모르게 유쾌한 마음이었다.

그로부터 8년 정도 지난 지금, 상하이에 다시 한번 가봐도 좋지 않을까 생각하곤 한다. 싫어한다고 단언할 수는 없지만 결코 좋아한다고도 할 수 없는, 그 색다른 도시에.

뜨겁고, 매운 짧은 여행
한국

한국을 여행한 건 한겨울이었다.

한국을 여행하는 사람 대부분은 맛있는 걸 먹겠다며 평판 좋은 가게를 나름대로 조사해서 간다. 나 역시 맛있는 것을 먹겠구나 싶어서 가슴 설렜지만, 목적은 따로 있었다. 음식점 같은 건 전혀 알지 못한 채 한국에 갔다.

서울은 가게 대부분이 한글 간판뿐이라 정말 고생스러웠다. 식당이겠거니 싶어서 문을 열었다가 이발소라는 걸 깨닫기도 하고, 손 글씨 포스터가 다닥다닥 붙은 창문 사이로 안을 들여다보고 어떤 가게인지 확인하기도 했다.

하지만 불쑥 들어간 가게에서 깜짝 놀랄 정도로 맛있는 요리를 내왔다.

한국 식당에서는 자리에 앉은 손님에게 김치를 몇 종류나 갖다 줬다. 어디든 예외가 없었다. 처음에는 이국에서 이따금 겪는 '주문도 안 했는데 가져와서 터무니없는 돈을 요구'하는 사태가 일어날까 걱정했지만, 그렇지 않다는 걸 바로 알았다. 작은 접시에 담긴 각종 김치는, 말하자면 일본 식당에서 나오는 물 같은 거였다. 흰밥만 주문해서 이 공짜 김치와 먹고 나가 버리는 사람은 없겠지 걱정했는데, 과연 그렇게 무례한 사람은 보지 못했다.

한국에서 처음 먹은 건 찌개였다. 생선찌개, 고기찌개, 부대찌개 등 종류가 다양하고, 다 먹은 다음에 라면과 밥 중에서 골라 넣어 먹을 수 있다. 라면은 삿포로 라면처럼 봉지에 든 사각형 건면이었다. 이게 의외로 맛있었다.

돌솥비빔밥도 곰탕도 부침개도, 이 여행에서 먹은 건 뭐든 다 맛있어서 깜짝 놀랐다. 돌솥비빔밥은 너무 맛있어서 눈물이 나올 것 같았다. 곰탕은 한 입 먹고 한동안 말을 잃었다. 여행 중 식사 선택에 실패가 없는 경우는 상당히 드물다.

다만 고기구이만은 기대만큼 맛있지 않았다. 일본에서 맛있는 고기구이라고 하면 우선은 부드러워야 한다. 세계적으로 봐도 특이한 입맛은 아니라고 생각한다. 물론 나도 부드러운 고기를 좋아한다. 그런데 한국 고기는 유독 부드럽지 않았다. 소금만 뿌려서 먹을 수 있는 메뉴는 없고, 다들 소스에 흠뻑 잠겨 있었다. 물론 착실하게 사전 조사를 해서 소문 난 가게에 갔더라면 훌륭한 맛을 음미할 수 있었겠지만, 쓱 들어간 가게는 모두 "흐음, 맛있긴 하지만" 정도였다.

술집이 많은 것도 정말 좋았다. 어딜 가든 막걸리를 주문했는데, 의외로 파는 집이 많지 않았다. 한국인은 막걸리를 마시지 않느냐고 어느 가게에서 물어보자, 그건 노인들이나 마시는 술이라며 무시당했다. 그러고 보면 내가 간 술집은 모두 젊은 사람들이 가는 세련된 곳이었다.

딱 한 번, 잊지 못할 식사를 했다. 대체 무슨 가게고, 내가 먹은 게 뭐였는지는 아직까지 모르겠지만.

낮에 명동 외곽을 걷다가 가게 하나를 지나쳤다. 지나치자마자 "여기야! 이봐, 여기라고!" 하고 내 감이 격하게 주장했다. 몇 걸음 되돌아가서 가게 안을 들여다봤다. 창도 문도 없이 기둥이 천장을 떠받치고 있는 반은 길거리인 작고 지저분한 곳으로, 노동자처럼 보이는 남자들로 북적였다. 뭐, 여~기? 들어가기 좀 그런데……. 이렇게 저항해봤지만, 내면의 감은 "아니야, 바로 여기야. 안 들어가면 후회할 거야" 하고 물러서지 않았다. 마음을 정하고 그 가게에 발을 들여, 아저씨들에게 둘러싸인 빈자리에 앉았다.

이 '감'이란 녀석을 나는 상당히 신용한다. 여행 중 무심하게 거리를 어슬렁거리다가 먹을 것을 파는 가게 앞을 지나는 순간, 감이 몸속에서 떠들어대는 경우가 꽤 있다. 붐비든 한산하든, 싸 보이든 비싸 보이든, 전혀 관계 없다. 실제로 감이 아무리 떠들어대도 들어가기 곤란한 가게도 분명히 있다. 꾀죄죄한 반바지 차림으로는 눈부시게 새하얀 테이블보가 깔린 고급 음식점에 들어가기 어렵고, 술에 잔뜩 취한 현지 사람들로 북적이는 가게도 들어가려면 상당한 용기가 필요하다. 감 같은 걸 믿고 따르면 안 돼 하고 변명이라도 하듯, 감이 꿈쩍도 하지 않는 다른 가게에서 밥을 먹으면 역시 별로 맛이 없다. "그것 봐!" 하고 감이 비웃는다. 감을 믿고 용기를 내 "얍" 하고 가게에 들어간다. 신기하게도 그런 가게에서 내놓는 요리는 정말 맛있다. 실패한 적이 없다.

이 꾀죄죄한 가게에는 따로 메뉴가 없고, 휘 둘러보니 다들 같은 음식을 먹었다. 된장국 같은 것에 밥. 그것뿐. 그 밖에는 한국 식당 어디서든 공짜로 주는 김치 몇 종류. 주문을 받으러 온 아주머니에게 옆 테이블을 가리키며 같은 것을 주문했다.

김치 몇 종류가 나오고, 김이 나는 대접과 흰밥이 테이블에 차려졌다. 새빨간 된장국 같은 것에 조심조심 입을 댔다가 깜짝 놀랐다. 정수리가 얼얼할 정도로 맵다. 매운데 깊이가 있다. 정말 너무나 맛있다. 빨간 국물에 두부와 돼지고기 토막이 떠 있었다. 뜨겁고, 맵고, 혀가 얼얼하고, 머리가 멍하고, 땀이 줄줄 흘렀다. 매워서 견딜 수 없는 지경이 되면 흰밥을 한입 가득 넣었다. 이것이 황금 조합으로, 밥을 먹으면 바로 뜨끈뜨끈한 국물이 먹고 싶어지고, 국물을 홀짝이면 밥이 그리워져서 도저히 숟가락을 내려놓을 수가 없다.

나는 이상하게 매운 게 좋다. 이 매운 것의 기준이 상당히 까다롭다. 엄청나게 맵다는 소문을 듣고 먹으러 갔다가 "뭐가 맵다는 거야" 하고 화낸 적이 많다. 또 매운 것에도 고상한 계열과 저급한 계열이 있다. 고상한 계열은 일단 부드럽게 달고, 그 속에 매운맛이 감춰져 있다. 저급한 계열은 정수리를 곧장 직격하는 것처럼 맵다. 내가 좋아하는 것은 단연 후자. 예를 들어 타이 같은 곳에서도 냉방이 되는 레스토랑에 가면 고상한 계열의 매운 요리가 나온다. 하지만 나는 역시 북부 노점에서 파는 띵! 한 매운맛이 좋다.

고춧가루의 나라 한국에서 먹은 찌개, 김치, 떡볶이, 볶음 모두 맛있기는 했지만 결코 맵지는 않았다. 그렇기 때문에 이 된장국 같은 것을 '그래 맞아, 바로 이거지. 매운 요리란 바로 이런 거야. 이런 걸 맵다고 하는 거지' 하고 감격하면서 먹어치웠다. 흠, 역시 내 감은 진리야……. 나는 납득하고, 내면의 감은 득의만면했다. 하지만 그 된장국 같은 게 뭐였는지는 지금도 수수께끼다.

아참, 내가 한국에 간 목적은 음식이 아니라 독립기념관이었다. 그 기념관은 서울에서 조금 떨어진 곳에 있다. 넓은 부지에 1호관부터 7호관까지 있고, 한국의 역사를 순서대로 전시해놨다. 나는 여기에 가고 싶었다.

지하철을 타고 버스를 타고 또 다른 버스로 갈아타고 한 시간 정도 걸려 그 기념관에 도착했다. 평일인데도 아이를 데려온 부모와 단체 관람객으로 붐볐다. 한국 사람의 애국심에 놀랐다.

1호관부터 보면서 가는데 3호관에서 분위기가 싹 바뀌었다. 일본인에게 박해받은 굴욕의 역사를 전시한 곳이었다.

3호관에 들어서자 전시물이 가려져 있었다. 어른 눈높이에 몇 센티미터 틈이 있고, 그 틈으로 전시물을 들여다보게 돼 있었다. 전시물은 어느 것이나 너무나 잔혹하고 비참해, 아이들은 보지 못하게 배려한 것이었다. 하지만 한국 사람들은 키가 작아 작은 창이 보이지 않는 아이를 안아 올려 안을 보여줬다.

일본인이 어떻게 한국인을 박해했는지, 어떤 방법으로 학대하고 고문했는지를 진짜 사람처럼 생긴 실물 크기 인형으로 재현해놨다. 관 전체가 '이래도 괜찮아? 이래도?' 하고 집요하게 공격해온다. 일본인이 이곳을 걷는 건 상당히 불편하다. 이곳에 온 일본인이 알지도 못하는 노인에게 느닷없이 뺨을 맞았다는 이야기를 전에 어느 책에서 읽은 적도 있다. 아이를 안아 올려 전시물을 보여주고 있는 부모들이 일제히 비난을 퍼붓는 건 아닐까 안절부절못했다. 하지만 이런 것을 제대로 봐

두지 않으면 안 된다. 뺨을 맞더라도.

뺨을 맞는 일도, 비난받는 일도 없이, 하지만 무거운 마음으로 3호관을 나와 4호관으로 향했다. 5호관, 6호관이 되면서 전시 내용이 현대에 가까워졌다. 현대 한국인들의 삶이 디오라마로 전시돼 있었다.

모든 관람을 마치고 기념관을 나서니 벌써 저녁이었다.

기념관을 다녀온 뒤에는 일본인으로서 서울의 번화가를 걷기가 좀 힘들었다. 하지만 비참한 역사 때문에 가책에 시달리며 호텔에 틀어박히는 것 역시 크게 잘못된 것 같았다. 조금 기합을 넣고 도시를 걸었다.

내가 숙소를 잡은 곳은 한국에서 가장 큰 번화가 명동으로, 이 거리가 또 굉장했다. 독립기념관 3호와는 정반대의 밝은 기운으로 가득했다.

좁은 골목에 옷 가게, 가방 가게, 신발 가게, 액세서리 가게, 인형 가게, CD 가게가 죽 이어졌다. 어느 가게나 제정신인가 싶을 정도로 요란한 음악을 크게 틀어놨다. 이 음악들이 뒤섞여, 그냥 소음이 돼 거리 일대에 메아리쳤다. 소리도 대단하지만, 가게 디스플레이도 대단했다. 어느 가게든 한 치의 빈틈도 허락하지 않겠다는 듯 물건을 매달고, 늘어놓고, 걸고, 붙여놨다. '과잉'이라는 말은 이 거리를 위해 있는 것 같았다.

한국 사람은 마음이 뜨겁다고들 말하는데, 나도 짧은 기간

머물면서 실감했다. 여행하는 동안 길거리에서 싸우는 커플을 세 쌍이나 봤다. 세 쌍 모두 소리를 지르며 한쪽이 다른 한쪽을 때렸다. 남자가 여자를, 혹은 여자가 남자를 때리는 상황까지 발전하는 싸움을 도쿄에서는 10년에 한 번 볼까 말까 하다.

그리고 나도 뜨겁게 혼이 났다. 버스를 기다리면서 버스 정류장 구석에 있는 흡연 공간에서 담배를 피우고 있었다. 앞에 서 있던 버스가 갑자기 엄청 큰 소리로 경적을 울리기 시작했다. 무슨 일인가 싶어 주변을 둘러봐도 아무것도 없었다. 그런데도 경적이 계속 엄청난 기세로 울렸다. 버스를 올려다보니 운전석에 앉은 운전사가 도깨비처럼 나를 노려보고 있었다. 어? 내가 뭘 잘못했나? 여기, 흡연 공간인데……. 그렇게 속으로 변명하는데, 경적은 그칠 기색이 없었다. 도깨비 같은 운전사가 내게 뭐라고 막 소리쳤다. 의미는 모르겠지만, 일단 담배를 재떨이에 버리고 서둘러 그 자리를 떠났다.

나중에 이 이해할 수 없는 사건을 일본에 사는 한국 사람에게 말해줬다. 그러자 한국에서는 손윗사람 앞에서 (특히 여자가) 담배를 피우면 안 된다고 했다. 버스 정류장이고, 흡연 공간이고……라는 건 통하지 않는다. 어쨌든 나는 여자고, 운전사보다 어리다. 자국의 습관에 따라 여행자에게 그렇게까지 화내는 것도 마음이 뜨겁지 않으면 할 수 없는 일이라고 감탄하고 말았다.

2002년 월드컵 이후, 한국은 전보다 부쩍 친근해졌다. 텔레비전에서 한국의 거리를 보니, 내가 갔다 온 지 얼마 되지도 않았는데 훨씬 변화해져서 깜짝 놀랐다. 독립기념관에서 모르는 사람에게 느닷없이 뺨을 맞는 사태도 더 이상 없으리라.

하지만 분명 지금도, 젊은 부모는 아이를 안아 올려 좁은 창 너머 잔학한 모습을 보여주고, 일본인이 예전에 한 일을 설명해줄 것이다. 변화한 길 한쪽에서 커플은 뜨겁게 싸우고, 버스 운전사는 부도덕한 젊은이에게 경적을 울리고, 된장국처럼 생긴 맛있는 음식을 파는 가게는 노동자풍 남자들로 북적이겠지.

빛으로 음악으로 가득한
쿠바

나는 쿠바에 관해 전혀 모른다고 해도 될 정도로 아는 게 없다.

딱 하나 아는 게 있다면 아이스크림을 사는 데 세 시간 정도 줄을 서야만 한다는 것.

텔레비전에서 봤다. '물자 부족으로 아이스크림 하나를 사는 데 행렬이……'라는 내레이션이 흐르면서 실제로 아주 긴 줄이 화면에 나왔다.

그래서 쿠바에 가기로 했을 때 곧장 이 아이스크림을 떠올렸다. 아이스크림 세 시간 나라에 가는 건가……. 아이스크림이 세 시간이면 꼭 필요한 물은 대체 얼마나 기다려야 할까? 식당에서 밥을 먹으려면 전날부터 줄을 서지 않으면 안 되려나? 이렇게 조금 무거운 마음으로 여행을 떠났다.

쿠바는 멀다. 엄청나게 멀다. 캐나다에서 하룻밤을 자고 쿠바로 들어갔다.

비행장에서 아바나 호텔까지 가는 차에 올라타 창밖을 응시했다. 비행장에서 시가지까지 가는 차에서의 이 시간이 항상 여행 중에서 가장 불안하다. 쿠바에 도착한 것은 낮으로, 강한 햇살이 창밖 풍경을 구석구석까지 비췄다. 그래도 역시 불안이 차올랐다.

점점 시가지가 가까워지는 느낌이 들었다. 재미있게도, 어디를 여행해도 도시가 가까워지면 느낌으로 알 수 있다. 비행장 부근에서는 전혀 느낄 수 없는 생활감이 도시에서 점점 스미어 나온다.

아무리 그래도 어쩐지 광경이 기묘했다. 그 기묘함의 이유가 뭔지는 바로 알아챘다. 간판이었다.

도시가 가까워지면서 간판이 늘어나는 건 세계 어디든 마찬가지다. 그런데 쿠바 간판 중에는 익숙한 것이 전혀 없었다. 예를 들면 맥도날드, 코카콜라, 소니, 코닥. 표기는 달라도 반드시 뭔지 알 수 있는 간판이 전혀 없었다. 오직 체 게바라뿐. 체 게바라가 먼눈으로 어딘가를 노려보는 그림에 슬로건인 듯한 글자가 두둥! 적혀 있었다. 무슨 말인지 알 수 없지만, 패턴을 바꿔 끝도 없이 이어지는 체 게바라 간판. 이것이 기묘함의 원인이었다.

호텔까지 조금밖에 안 남았을 때 창밖으로 익숙한 광경이 보였다. 기나긴 행렬. 어라, 이건……. 무심코 소리를 내자 마중 나온 가이드 파블로 씨가 "다들 아이스크림을 사려고 줄을 서 있네요" 하고, 내 시선이 향하는 곳을 보고 가르쳐줬다.

"여기 아이스크림은 정말 맛있어요. 그래서 다들 저렇게 기다리는 거죠."

"네? 맛있어서 기다리는 거라고요?"

"네, 엄청나게 맛있어요." 파블로 씨가 꿈꾸듯 대답했다.

뭐야. 그럼 오기쿠보 하루키야(라면 가게) 앞에 겨울에도 여름에도 줄이 생기는 것과 같잖아.

식사를 하기 위해 전날부터 줄을 서지 않아도 된다는 걸 알고 안심했다. 그나저나 텔레비전이란 위험하구나.

이 도시는 아무래도 체 게바라와 헤밍웨이와 '부에나 비스타 소셜 클럽'으로 이루어진 모양이라고, 사흘쯤 됐을 때 깨달았다.

체 게바라는 아르헨티나 사람 아닌가. 그런데 도시 곳곳에 그려져 있는 것은 카스트로도, 레이날도 아레나스도 아닌 체 게바라. 간판, 벽, 건물 측면, 현수막, 가게 앞, 포스터, 쇼윈도 안, 가는 곳마다 그야말로 체 게바라 천지. 혁명의 전사를 향한

경의가 아니라 좀 더 속된 아이돌 포스터라는 생각이 점점 강하게 들었다. 체 게바라는 단연 얼굴이 잘생겼다. 영원한 미남자다. 시부야 곳곳에는 뮤지션이나 탤런트 얼굴이 들어간 광고 포스터가 붙어 있는데, 용도로 보자면 이 두 가지가 전혀 다르지 않다. 아이돌이 없기 때문에 계속 체 게바라, 광고할 것이 없기 때문에 표어가 인쇄돼 있을 뿐.

숙소를 나와 체 게바라로 도배된 신시가를 빠져나왔다. 길을 잃으면 골목 안쪽에서 바다를 찾으면 된다. 바다가 보이지 않으면 길 가는 사람에게 "말레콘?" 하고 물어보면 된다.

해변을 따라 이어진 말레콘 거리를 곧장 걸으면 구시가가 나온다. 말레콘 거리로 나오기만 하면, 아무리 심각한 길치도 길을 헤맬 일이 없다. 순박한 청색이라는 느낌을 주는 바다를 왼쪽으로 보면서 걸어가니 구시가가 가까워졌다. 독특한 분위기에 압도됐다. 말 그대로 숨을 멈췄다.

거리를 따라 무너지고 있는 폐허가 늘어서 있었다. 하지만 그 폐허에는 빨래가 살랑거리고, 3층 발코니에서 주민이 서서 바다를 바라보고 있었다. 이 폐허는 엄연한 주거지인 것이다. 바다를 등지고 구시가 거리에 발을 들이자 더욱 압권이었다. 지붕이 무너지고, 담이 무너지고, 발코니가 무너지고, 벽에는 금이 가 있고, 심하게 색 바랜 건물이 서로를 지지하듯 서 있었다. 하지만 이곳에도 역시 생활이 있었다. 지붕이 무너진 건물에서조차 생활감이 느껴졌다. 아주 무책임한 여행자 입장에서 보자면, 이 낡아빠진 폐허가 이루 말할 수 없이 아름다웠다. 넋을 잃을 것 같은 절대적인 미였다.

생각하건대 아름다움의 근원은 시간이 아닐까. 16세기에 스페인 사람들이 지은 건물이 시간의 흐름을 그대로 받아들이고, 고친 것 하나 없이 그 자리에 있었다. 영원의 도중이라고 말하고 싶기까지 한 압도적인 존재감.

골목에서는 사람들이 일상을 보내고 있었다. 마차가 달리고, 자전거 택시가 달리고, 아이들이 그 틈에서 요령껏 축구를 했다. 주민들은 인도에 의자를 내놓고 앉아서 골목을 멍하니 바라봤다. 시가를 피우는 노인, 럼을 나발 불며 걷는 남자. 몇몇 길 가던 사람은 이리저리 서성이는 여행자를 알아보고 "하포네스, 하포네사(일본 사람을 가리키는 스페인어)"라고 말을 걸었다. "부에나 비스타 소셜 클럽 라이브가 있어요"라며 따라오는 남자애도 있었다. 그 유명한 영화가 유행했을 때 수많은 일본인 관광객이 이 도시에 왔겠구나 하는 생각이 절로 들었다.

구시가 안쪽으로 더 걸어가면 이 도시에서 가장 큰 번화가가 나온다. 헤밍웨이가 묵었다는 호텔 암보스 문도스가 있다. 그곳에서 그가 걸어서 다녔다는 '플로리디타'라는 바도 있다. 이 두 곳을 잇는 오비스포 거리에는 늘어선 상점 앞으로 관광객과 현지인이 북적였다.

도착 당일에는 마찬가지로 헤밍웨이가 다녔다는 '라 보데기타'라는 바에서 식사를 했다. 럼주에 탄산수를 타고 민트 잎을 꽉꽉 채워 넣은 모히토라는 칵테일을 처음 마셨다. 달지 않고 산뜻해, 더운 아바나에서 마시니 기분이 상쾌해졌다. 2층에서 그릴 포크에 포테이토와 흰 쌀밥을 곁들여 밥을 먹고 있는데 느닷없이 활기찬 음악이 흘러나왔다. 나선 계단에서 밑을 내려다보니 돌아다니며 공연하는 밴드가 테이블 사이에서 연주를 하고 있었다. 밝고, 하지만 어딘지 모르게 서글프고, 신기하게도 정겨운 쿠바 음악이었다.

라 보데기타를 나오니 완전히 컴컴해진 골목 저쪽에서 또다시 음악 소리가 띄엄띄엄 들려왔다. 그쪽으로 발길을 향하자 큰 광장이 나왔다. 광장 앞에 레스토랑이 있었는데, 야외석에서 어느 밴드가 연주하고 있었다. 야외석과 마주하는 자리에는 어마어마하게 커다란 교회가 있었다. 이 교회 역시 엄청난 존재감을 내뿜었다. 어둠에 거의 숨은 그 교회도 전체적으로 무너지고 있었다. 무너지고 있는데도 어떤 확고함이 있었다. 교회 위쪽 저 먼 하늘에 윤곽 뚜렷한 달이 걸려 있었다. 무시무시할 만큼 아름다운 광경이라서, 어쩐지 엄청난 곳에 와버린 것 같았다.

사회주의. 내게는 전혀 감도 오지 않는 단어, 감도 오지 않는 시스템이다.

지금까지 사회주의 국가를 여행한 적은 몇 번 있다. 그 여행에서 내가 알게 된 것은 '이중가격이다(식사도 열차도 숙소도 외국인과 주민에게 적용되는 가격이 다르다)', '백화점이 따분하다(몇 점 없는 물건은 먼지에 뒤덮여 유리 진열장에 들어 있다)'라는 것뿐이다.

이 이중가격이라는 게 매우 성가시다. 뭐가 성가시냐 하면 여하간 그곳을 아는 데 방해가 된다. 가격은 그 나라를 빠르게 파악하는 지름길이다. 커피가 얼마인지, 택시비, 버스비, 그리고 음식점에서 파는 가정식이 얼마인지 알아갈수록 그곳을 자연스레 이해할 수 있다. 사람들의 생활도 보이고, 거창하게 말하면 그곳의 본모습도 대략적으로나마 알 수 있다. 그런데 여행자 가격과 주민 가격이 다르면 정말이지 보이지가 않는다. 사람도, 그 장소도.

사회주의 국가 쿠바도 이중가격인데, 여행자는 미국 달러만 갖고 있으면 대체로 충분하다. 그런데 미국 달러로 지내다 보면 대체 여기가 어떤 곳인지 좀처럼 알기가 어렵다.

예를 들어, 도시에 파친코 경품소 같은 곳이 있었다. 다 쓰러져가는 민가 사이에 작은 창이 하나 달려 있을 뿐인데, 창 앞에 사람들이 모여 있다. 무슨 일인가 싶어서 바라보고 있자니 사람들이 창으로 쿠바 페소를 넣으면 안에서 물건을 준다. 아이스크림일 때도 있고 오렌지주스일 때도 있고 도시락일 때도 있다. 패스트푸드점 같은 곳인 모양이다. 왜 가게가 그렇게 암거래 같은 방식으로 운영되는지 여행하는 것만으로는 역시 알 수가 없다.

지갑에 미국 달러만 든 짧은 여행이기는 하지만, 이 짧은 기간에 뭔가 조금이라도 더 알고 싶었다. 그래서 가이드인 파블로 씨에게 시장에 데려가달라고 부탁했다.

시장은 정말 번화했다. 고기도 채소도 생선도 꽃도 정말 그득했다. 물건을 사러 온 손님들로 북적였다. 물건 파는 사람은 눈이 마주치면 "사 가요. 맛있으니까 사요" 하고 활기차게 권했다. 다른 나라 시장과 똑같았다. 다만 시장 앞에 이상한 건물이 있었다. 창고 같은 공간으로 한산했다. 파블로 씨가 배급소라고 말해줬다. 안에 들어가보니, 긴 테이블이 세 개 정도 있고 그 뒤로 쌀, 소금, 세제, 설탕, 콩 같은 것이 쌓여 있었다. 시장의 10분의 1 정도 가격으로 살 수 있지만, 살 수 있는 양이 정해져 있다. 돈이 있는 사람은 부족한 것을 바로 옆 시장에서 사지만, 돈이 없는 사람은 배급받은 것만으로 살림을 꾸려야 한다. 그래도 국민 누구나 배급을 받을 수 있으니 굶주리는 일은 없다고 한다.

엄청나게 풍족한 나라로는 보이지 않는데, 과연 아바나 거리에는 구걸하는 사람이 거의 보이지 않았다.

파블로 씨에게 시장을 비롯해 사회주의 국가만의 독특한 시스템을 배웠다.

아바나 거리를 걷거나 차를 타고 고속도로를 달리면 깜짝 놀랄 정도로 히치하이킹을 하는 사람이 많았다. 고속도로 입구 같은 곳에는 마치 버스 정류장처럼 사람들이 떼 지어 있다. 하지만 그들이 기다리는 건 버스가 아니라 히치하이킹에 응해줄 차다.

정부 관련 일을 하는 사람은 차 번호판이 파란색이다. 이 파란색 번호판을 단 차는 무조건 히치하이커를 태워야 한다는 규칙이 있는 모양이다.

고속도로에는 경찰관이 서 있어, 파란색 번호판을 단 차가 올 때마다 세우고 교통정리를 하는 것처럼 무리 지어 서 있는 사람들을 순서대로 합승시킨다. 그렇지만 버스도 아니고, 번호판이 파란색인 차에 이미 사람들이 타고 있는 경우도 많기 때문에 차를 기다리는 사람들은 좀처럼 줄어들지 않는다.

그래서 볼일이 급하고 돈도 있는 사람은 몇십 미터 앞에서 독자적으로 차를 붙잡고, 가격 흥정을 해서 차를 얻어 탄다. 실제로 사람들이 모여 있는 곳을 지나도 도로에 서서 달리는 차를 향해 손을 드는 사람들이 띄엄띄엄 보인다.

아바나에서 차를 타고 교외로 달리면 창밖으로 보이는 집 모양이 상당히 달라진다. 쓰러져가는 16세기 건물 말고도 근대적인 아파트도 있고, 일본 단지 비슷한 집합주택도 있고, 시골로 가면 작은 목조주택이 많다. 어떤 집에 살지도 정부가 정해준다고 파블로 씨가 설명해줬다. '당신은 여기 사시오' 하고 구시가의 낡아빠진 건물을 지정받으면 거기 살아야만 한다. 불편한 데가 있으면 스스로 수리해야 한다.

이야기를 들으면 이 모든 것이 납득되기는 하지만, 감각적으로는 전혀 모르겠다. 그런데 딱 한 가지 알 수 있는 게 있었다. 이 나라 사람 그 누구도 살아가는 데 곤란해하지 않는다는 것, 불합리한 불평등이 없는 완벽한 이상을 실현할 수 있다고 여전히 믿는다는 것. 배급이든 히치하이크든 집이든, 그 뿌리에는 '평등'이라는 이상이 있다. 그런 것이 이 세계에 확실히 존재한다고 이 나라는 믿는다. 적어도 온몸으로 믿으려 한다. (아니면 한때는 정말 그랬다.) 그게 뭐랄까, 정말 대단하구나, 하고 생각했다.

다른 사회주의 국가를 여행하면서 이 불합리함이나 무뚝뚝함에 의문을 품은 적이 몇 번인가 있지만, 완벽한 이상을 엿본 건 처음이었다. 원래는 거기서 출발했겠지만, 날이 갈수록 현실에 닳아 줄어들고 사라져버리기 때문일 테다. 하지만 어느 정도 닳았다고는 해도 이 나라에서는 완전히 사라지지 않고 확실히 남아 있었다.

이 나라의 카리스마, 카스트로 의장은 몸에 나쁜 시가를 끊게 하려고 직접 광고에까지 출연했다. 그 영향으로 시가를 끊은 사람이 상당히 많았던 모양이다. 이 카리스마는 지극히 평범한 민가에 산다고 한다.

사회주의 국가와 뗄 수 없는 무뚝뚝한 느낌이 쿠바에 전혀 없는 까닭은, 완벽한 이상이 아직까지 사라지지 않고 남아 있기 때문 아닐까.

하지만 이상이란 어디까지나 이념이고, 현실에서 따를 수 있는 시스템이 아니다. 지금의 쿠바는 이 사실을 곳곳에서 드러내고 있다. 미국 달러를 취급하는 곳과 취급하지 않는 곳의 경제력 차이가 극심하다. 상하이 난징루, 베트남 팜응우라오 거리처럼, 아마도 헤밍웨이가 걸었던 오비스포 거리 부근부터 사회주의의 틈이 벌어지고 있는 것 아닐까. 그래도 역시 제멋대로 바라건대, 지금 분명히 엿보이는 이상이 완전히 소멸하지 않았으면 좋겠다. 구시가를 걸으면 노인들이 거리 쪽으로 열린 현관에 앉아 있다가 미소와 함께 "부에나" 하고 인사해주는, 그런 뭐라 표현할 길 없는 부드러운 공기는 이상을 믿는 이 나라만의 특징이라고 생각하기 때문이다.

아바나에서 사흘 정도 지내고 나니 이 도시에 흘러넘치는 빛과 음악에 익숙해졌다. 강렬한 햇살도, 항상 어디서든 들려오는 음악도 아무렇지 않았다. 일요일 한낮, 시내에서 댄스 쇼가 열린다고 해서 가봤다.

네모난 광장이 사람들로 꽉 찼다. 유일하게 비어 있는 한가운데에서 쇼가 이루어질 모양이었다. 그나저나 인파가 엄청났다. 열기 또한 엄청났다. 가족 단위, 커플, 단체 등이 비좁은 곳에서 밀치락달치락하며 댄서의 등장을 기다렸다.

이윽고 밴드의 라이브 연주와 함께 댄스가 시작됐다. 정말 대단했다. 댄스도 여러 종류라 조용한 것부터 격렬한 것, 연극적인 것까지, 댄서들이 의상을 바꿔 입고 계속해서 춤을 췄다. 노래도 불렀다. 운 좋게 가장 앞에 앉은 나는 입을 딱 벌리고 넋을 잃고 봤다.

맑은 하늘 아래, 잎이 무성한 푸른 나무들이 광장을 둘러싼 가운데 남자들과 여자들이 음악에 맞춰 차차차, 맘보, 룸바를 췄다. 춤은 흔히 접할 수 있지만, 그들처럼 추는 춤은 그때까지 본 적이 없었다. 정말 대단했다. 외부가 아니라 춤추는 사람들의 내면에서 음악이 뿜어져 나오는 것 같았다. 가만히 바라보고 있으니, 남자와 여자의 신체가 어떻게 다른지 잘 알겠다. 남자와 여자는 근본적으로 다르다. 어느 쪽이든 다른 매력이 있다. 그들은 이 사실을 잘 알고, 각자의 매력을 최대한 끌어낼 수 있도록 춤을 췄다. 인간의 몸이 이렇게 아름다웠구나 하고 처음 생각했다.

쇼가 막바지에 접어들자, 관객들이 일어나 춤추기 시작했다. 한가운데 마련된 공간으로 나와서 추는 사람도 있었다. 음악이 고조되고, 점점 더 많은 사람들이 나왔다. 만원 전차를 탄 것처럼 북적거리며 다들 춤을 췄다. 그렇게 추는 관객이 젊은 이만이 아니라는 데 감동했다. 여든 가까이 되지 않을까 싶은 할아버지, 할머니가 한가운데로 나와 춤을 췄다. 오로지 춤에 열중했다. 그 모습이 너무나 멋졌다.

도중에 사회자가 갑자기 내 옆에 앉아 있던 초로의 부인 손을 잡고 일으켜 세웠다. 무대로 나가자고 했다. 처음에는 거절하던 부인이 훌쩍 한가운데로 나가 춤을 추기 시작했다. 이게 또 엄청났다. 아름다웠다. 우아하면서도 정열적이었다. 정적인데, 그러면서도 숨 막히게 격렬했다. 여기저기서 쏟아지는 빛을 무아지경으로 흡수하며 춤춘다. 눈길을 뗄 수가 없었다.

파블로 씨가 얼마 전에 은퇴한 국민적 댄서라고 설명해줬다. 역시 그렇구나 하고 고개를 끄덕이다가 깜짝 놀랐다. 그런 사람이 평범하게 관객석에 있었다니.

앞에서 이야기한 사회주의의 이상이 가장 아름답게 발현된 모습이 아닐까. 유명인이든 위대한 사람이든 더없이 평범하게 일반인들과 같은 자리에 앉아 있는 건 말이다.

그러고 보면 폭발적인 인기를 끈 영화 〈부에나 비스타 소셜 클럽〉에 나오는 밴드 멤버도 생전에 지극히 평범하게, 어디서나 볼 수 있는 아저씨와 하나 다를 것 없이 거리를 걸어 다녔다는 이야기를 들은 적이 있다. 무엇을 이뤘든 이루지 않았든, 우리는 일상을 살아가는 지극히 평범한 사람인 것이다. 아마도 이 나라에 널리 스며든 이 대전제야말로 완벽한 이상이 낳은 가장 아름다운 뭔가가 아닐까. 빛을 흩뿌리며 춤추는 국민 댄서를 보면서 이런 생각을 했다.

네모난 광장은 빛으로 눈부셨다. 나무들 사이로 쏟아지는 빛뿐 아니라 음악의 음색 하나하나가, 춤추는 사람들의 몸짓이 빛을 내며 서로에게 반사됐다. 광장을 뒤로했을 때는 그 강렬한 빛 때문에 피로할 정도였다.

이 나라 사람들은 정말로 음악과 춤을 좋아한다. 이 좋아한다는 느낌, 예를 들어 우리가 음악을 좋아한다, 춤을 좋아한다고 말하는 것과는 미묘하게 다르다. 밥을 먹지 않으면 사람은 죽고 만다. 물을 마시지 않으면 바싹 말라버린다. 때문에 밥을 먹고 물을 마신다. 쿠바의 춤과 음악은 이런 느낌에 가깝다. 목숨과 매우 가깝게 여겨진다.

아바나에 머무는 내내 음악을 듣지 않은 날이 없고, 춤추는 사람을 보지 않은 날이 없다. 일부러 라이브 공연을 들으러 나서지 않아도 도시 곳곳에서 보고 들었다. 말레콘 거리나 호텔 뒤편 공터에 커다란 야외무대가 세워져 있어서, 낮이든 밤이든 상관없이 연주가 시작됐다. 그러면 순식간에 남녀노소 할 것 없이 새카맣게 모여들어서 춤을 췄다.

말레콘 거리가 통행금지인데도, 여전히 밴드가 무대 위에서 연주하고 엄청나게 많은 사람이 모여 있던 적이 있다. 분명히 축제라고 생각했는데, 정치 집회였던 모양이다. 사람들은 노래 부르며, 춤추며, 정치에 개입하고 있었던 거다.

이렇게 여기 사람들이 노래와 춤을 추구하는 감각을 여행자인 나는 머리로는 그럭저럭 이해해도 몸으로는 도저히 알 길이 없었다. 그래서 앞에서 말한 쇼를 봐도, 정치 집회를 봐도, 아니면 마을에서 우연히 밴드 연주를 봐도, 완벽하게 동화될 수 없었다. 나는 노래에 목마른 적도, 춤이 고팠던 적도 없는 것이다.

하지만 피부 깊숙이 알지 못해서 쓸쓸하다기보다는 오히려 기뻤다. 미국 달러 여행자가 '알지 못했다'는 걸 아는 것 자체가 엄청난 일이라고 생각하기 때문이다.

파블로 씨를 따라 교외에 갔다.

이 마을이 또 멋졌다. 집은 모두 목조단층으로, 역시 16세기 건물인 듯 도로에 면한 입구에는 테라스가 있고, 해먹이 걸려 있거나 테이블이 놓여 있었다. 주민들은 특별히 하는 일 없이 앉아서 볕이 내리쬐는 바깥을 멍하니 바라보고 있었다. 심하게 낡아서 옆으로 기울어진 집도 있었다. 아바나의 구시가와는 다른 박력이 있었다. 나는 입을 딱 벌리고 차창에 이마를 붙인 채 마을을 들여다봤다.

시가 공장도 견학했다. 사회주의 국가의 공장이라고 해서 그야말로 기계적인 분위기를 상상했는데, 과연 쿠바답게 전혀 그렇지 않았다. 시가 공장에서는 다들 교실에서처럼 세로로 나란히 앉아 시가를 만들었다. 수다를 떠는 사람이 있는가 하면 시가를 피우며 작업하는 사람도 있었다. 노동이란 의외로 즐거운 것인지도 모른다는 생각이 들게 하는 느긋한 분위기였다. 만일 이 나라에서 태어난다면 시가 공장에서 일하고 싶다.

공장을 견학한 다음에는 파블로 씨의 친구 집을 방문했다. 기울어진 서로를 받치고 있는 듯한 목조 민가들 틈에 위세 좋게 서 있는 엄청나게 큰 집이었다. 정원과 이어진 테라스에서 여자들이 웃으며 완두콩(같은 것) 깍지(같은 것)를 벗기고 있었다. 점심을 대접해주겠다고 했다.

점심이 차려지는 동안, 정원에 있는 정자에서 기다렸다. 집에는 부모님, 장남 부부, 아우 부부, 그리고 각자의 아이들과 또 그 아이들이 사는 모양이었다. 담배를 피워도 되느냐고 파블로 씨에게 물었다.

“이 나라에서 해선 안 될 일이란 없어요.” 그렇게 말하며 그가 웃었다.

사회주의 국가인데 어떻게 이렇게 큰 집에 사는 사람과 기울어진 집에 사는 사람이 있는 거냐고 물었다.

“성실하게 일하면 큰 집에서 살 수 있어요. 이 사람들은 성실하게 농사일을 해요."

알 듯 모를 듯한 대답이 돌아왔다.

점심은 장남 부부와 그 딸들과 함께 먹었다. 대하 튀김과 삶은 돼지고기, 샐러드에 밥, 프리홀 네그로(꼭 단팥죽처럼 생겼지만 살짝 짜고 달지 않다. 밥에 얹어 먹는다).

갑자기 찾아온 잘 모르는 외국인을 망설임 없이 맞아들이고, 융숭하게 대접까지 했다. 다이닝룸은 정원 옆에 있어서 열어놓은 창 너머로 붉은 지면과 녹음 짙은 나무들이 보였다. 어쩐지 깨고 싶지 않은 꿈속에 있는 듯했다.

이 집뿐 아니라 쿠바 전체가 이처럼 갑작스러운 손님을 자연스럽게 맞아들이는 건지도 모르겠다. 아바나 구시가를 걷든 교외 마을을 걷든 배타적인 느낌이 전혀 없었다. 구시가를 걷다가 문을 열어둔 집을 무심코 들여다보면 집주인이 나와서 어서 들어오라고 말을 건다. 그런 일이 몇 번이나 있었다. 노인들은 도로와 이어진 테라스에 앉아 있다가 그 앞을 지나는 나를 보고 마치 이웃인 것처럼 "부에나" 하고 웃는 얼굴로 짧게 말을 걸어줬다. 그래서 불과 사나흘 지낸 것만으로 그곳을 잘 아는 것 같은 착각이 들었다. 낯선 마을이 빠르게 친숙해졌다.

이 여행을 하면서 헤밍웨이를 읽었다. 여행지에서 그 장소가 그려진 이야기, 그 장소에서 쓰인 이야기를 읽는 건 상당히 행복한 경험이었다. 어느 시대에 쓰였든 언어로 남은 공기, 감

촉, 냄새를 생생하게 느낄 수 있다. 한없이 기적에 가까운 경험이다.

게다가 나는 문학에 쉽게 휩쓸리기 때문에, 그 단편집에 자주 나오는 바 플로리디타에도 갔다. 이 가게 카운터 구석에는 헤밍웨이 상이 번쩍거린다. 실물 크기로, 엄청나게 크다. 영험한 기운이 있을지도 모른다며 한 바퀴 돌며 쓰다듬어줬다.

수십 미터 거리의 호텔에 단골로 머무르며, 오전 중에 일을 끝내고 맨발로 찰박찰박 오비스포 거리를 걸어 오후 일찍부터 다이키리를 마시는 생활이라니, 참으로 부럽다. 헤밍웨이 옆에서 다이키리를 마셨다.

기왕 나선 김에 아바나에서 조금 떨어진, 지금은 박물관인 헤밍웨이의 자택에도 갔다. 대저택이었다. 많은 창에 빛으로 가득한 집으로, 화장실에도 책장이 있는 게 인상적이었다. 거주하는 집 옆에 집필실이 있었다. 3층으로, 꼭대기 층 방에 타이프라이터가 놓여 있었다. 창으로 바다가 보였다. 이런 집필실이 있으면 좋겠다 싶었지만, 이런 곳에서 잘도 일했구나 싶기도 했다. 마음이 너무 편해지는 이런 공간에서 소설 같은 걸 쓸 수 있을 리 없다고 생각하면 내가 너무 궁상맞은 걸까?

이 집에서 차를 타고 마을까지 마시러 간다는 구절이, 읽고 있는 소설에 몇 번이나 나왔다. 바다를 내려다보며 마을을 향해 민가가 늘어선 길을 내달린다. 소설 속에는 훨씬 옛날의 마을이 그려져 있지만, 내 안에서는 언어와 눈에 보이는 것이 정확하게 일치했다. 그건 눈에 보이는 광경이라기보다는 더욱 본질적인 어떤 것이었다. 먼지나 빛, 조용함과 소란스러움, 이동하는 사람들의 그림자, 무너져 내릴 것 같은 민가의 정적.

여기서도 시간에 대해 생각했다. 시간은 온갖 것을 집어삼키고 형태 있는 것을 모조리 바꿔가지만, 결코 손댈 수 없는 것도 있다. 이곳이 존재한다는 것과 같은. 이곳이 분명히 존재하고, 거기서 사람들이 되풀이해서 살아간다는 것 같은. 헤밍웨이의 집을 나와 마을로 돌아오는 길, 차창 밖으로 그런 모습이 나타났다가는 사라졌다. 작가가 포착한 언어에 의해 더욱 선명하게.

언덕길, 아바나가 한순간 내려다보였다. 그 너머에 바다가 있었다. 감탄을 내지를 뻔했다. 아름답다거나 정겹다기보다 뭔가 더 야만적인 힘이 광경에서 눈을 떼지 못하게 했다. 아주 짧은 한순간, 다이키리를 마시러 마을로 향한 작가의 눈과, 한낱 여행자의 눈이 하나가 된다. 이 얼마나 행복한가.

쿠바를 떠나 캐나다를 거쳐 돌아왔다. 캐나다 공항 가까이에 위치한 호텔 주위에는 아무것도 없었다. 차가 쌩쌩 달리는 국도를 걸어 저녁으로 스테이크를 먹으러 갔다. 쿠바에서는 그냥 구운 고기에 감자 같은 극히 단순한 음식을 먹었는데, 캐나다 스테이크 하우스의 스테이크에서는 어쩐지 문화적인 맛이 났다.

그나저나 쿠바가 얼마나 컬러풀했는지 그곳을 떠나니 잘 알겠다. 옷, 간판, 건물, 그리고 사람들의 표정까지 온통 빛을 받아 그 자체의 색을 돋보이게 하는 것 같은 느낌이 들었다.

조만간 다시 한 번 가고 싶다. 특별히 뭘 하고 싶은 것도, 보고 싶은 게 있는 것도 아니다. 그저 그 색 안으로 들어가고 싶다. 빛과 음악 속에, 날것 그대로의 삶처럼 저마다 터지는 색 속에 몸을 푹 담그고 싶다. 차가운 모히토를 마시며.

귀국하고 바로 미국이 쿠바 제재를 강화했다는 뉴스를 봤다. 막 갔다 왔다는 단순한 이유로 화가 났다. 한편으로 아무리 그래도 그 색, 음악, 리듬 같은 것에는 절대 맞겨룰 수 없으리라는 생각이 들었다. 완벽한 이상이란 현실 속 세상살이에는 맞지 않을지도 모르지만, 그 나라 사람들이 노인이든 젊은이든, 유명인이든 범인이든 모두 뒤섞여 빛 아래에서 노래를 부르는 한, 춤을 추는 한, 여행자는 그곳에 존재하는 어떤 이상을 볼 것이다.

시간은 온갖 것을 집어삼키고
형태 있는 것을 모조리 바꿔가지만,
결코 손댈 수 없는 것도 있다.

이곳이 존재한다는 것과 같은.

언제나 여행 중

1판 1쇄 발행 2019년 7월 19일
1판 2쇄 발행 2019년 8월 2일

지은이 가쿠타 미츠요
옮긴이 박귀영
발행인 유성권

편집장 양선우
기획 · 책임편집 신혜진 **편집** 윤경선 백주영
해외저작권 정지현 **제작** 장재균
마케팅 김선우 박희준 김민석 박혜민

펴낸곳 ㈜이퍼블릭
출판등록 1970년 7월 28일, 제1-170호
주소 서울시 양천구 목동서로 211 범문빌딩 (07995)
대표전화 02-2653-5131 | **팩스** 02-2653-2455
메일 tiramisu@epublic.co.kr
인스타그램 instagram.com/tiramisu_thebook
포스트 post.naver.com/tiramisu_thebook

이 도서의 국립중앙도서관 출판예정도서목록(CIP)은 서지정보유통지원시스템 홈페이지(http://seoji.nl.go.kr)와 국가자료공동목록시스템(http://www.nl.go.kr/kolisnet)에서 이용하실 수 있습니다. (CIP2019024423)

editor's letter

책을 만드는 내내
오래전에 했던 여행이 떠오르기도 하고
앞으로 할 여행에 설레기도 하더라고요.
슬슬 어딘가로 떠나볼 때가 되었나 봅니다.

SRI LANKA

IMMIGRATION
MYANMMAR
15-12-20

DEPARTURE
PHUKET

MALAYSIA IMMIGRATION
JOHOR SAHRU

HAWAI'I
THE ALOHA STATE

GREECE
BALI
INDONESIA

Việt Nam

RUSSIA
РОССИЯ

RUSSIAN FEDERATION

MONGOLIA
MOROCCO

IMMIGRATION
NEPAL

REPUBLICA DE CUBA
PATRIA Y LIBERTAD

TAIWAN
TAIPEI

IRELAND
EIRE

ESPAÑA